MICHEL ROSTAIN

Né en 1942, Michel Rostain est metteur en scène d'opéra. Il a étudié la musique auprès de son grand-père. Après avoir enseigné la philosophie en classes terminales il a été chargé de cours au département de psychologie clinique de Paris VII, tout en travaillant dans un laboratoire de recherches en sciences humaines et à la clinique psychiatrique de Laborde. Il a fondé une compagnie de théâtre lyrique et musical en 1978 avant de diriger la Scène nationale de Quimper – Théâtre de Cornouaille – de 1995 à 2008.

LE FILS

MICHEL ROSTAIN

LE FILS

OH ! ÉDITIONS

Le papier de cet ouvrage est composé de fibres naturelles, renouvelables, recyclables et fabriquées à partir de bois provenant de forêts plantées et cultivées durablement pour la fabrication du papier.

Le Code de la propriété intellectuelle n'autorisant, aux termes de l'article L. 122-5, 2° et 3° a, d'une part, que les « copies ou reproductions strictement réservées à l'usage privé du copiste et non destinées à une utilisation collective » et, d'autre part, que les analyses et les courtes citations dans un but d'exemple et d'illustration, « toute représentation ou reproduction intégrale ou partielle faite sans le consentement de l'auteur ou de ses ayants droit ou ayants cause est illicite » (art. L. 122-4).
Cette représentation ou reproduction, par quelque procédé que ce soit, constituerait donc une contrefaçon, sanctionnée par les articles L. 335-2 et suivants du Code de la propriété intellectuelle.

© Oh ! Éditions, 2011
ISBN : 978-2-266-21632-6

À Martine

Chapitre 1

Chercher encore des mots
Qui disent quelque chose
Là où l'on cherche les gens
Qui ne disent plus rien

Et trouver encore des mots
Qui savent dire quelque chose
Là où l'on trouve des gens
qui ne peuvent plus rien dire ?

ERICH FRIED

Papa fait des découvertes. Par exemple ne pas passer une journée sans pleurer pendant cinq minutes, ou trois fois dix minutes, ou une heure entière. C'est nouveau. Les larmes s'arrêtent, repartent, elles s'arrêtent encore, et puis ça revient, etc. Plein de variétés de sanglots, mais pas une journée sans. Ça structure différemment la vie. Il y a des larmes soudaines – un geste, un mot, une image, et elles jaillissent. Il y a des larmes sans cause apparente, stupidement là. Il y a des larmes au goût inconnu, sans hoquet, sans la grimace habituelle ni même les reniflements, juste des larmes qui coulent.
Lui, c'est plutôt le matin qu'il a envie de pleurer.

Le onzième jour après ma mort, papa est allé porter ma couette à la teinturerie. Monter la rue du Couédic, les bras chargés de ma literie, le nez dedans. Il se dit qu'il renifle mon odeur. En fait, ça pue, je ne les avais jamais fait laver ces draps ni cette couette. Des jours, des mois et des mois que je dormais dedans. Ça ne le choque plus. Au contraire : subsiste encore quelque chose de moi dans les replis blancs qu'il porte à la teinturerie comme on porterait le saint sacrement. Papa pleure le nez dans le coton. Il évite les regards, il fait des détours bien au-delà du nécessaire, il prend à droite, rue Obscure, il redescend, puis non il remonte, rue Le Bihan, rue Émile-Zola, les Halles, quatre cents mètres au lieu des cent mètres nécessaires, il profite. Il sniffe encore un coup la couette, et il pousse enfin la porte du magasin.

Yuna de la Friche est là en train de mettre des sous dans la machine à laver automatique, papa ne peut plus traîner. Condoléances, etc. Le teinturier – recondoléances, etc. – débarrasse papa de la couette. Papa aurait voulu que ça dure, une file d'attente, un coup de téléphone d'un client, une livraison, une tempête, juste que ça dure le temps de respirer encore un peu plus des bribes de mon odeur. Papa se dépouille, il perd, il perd.

De retour à la maison, il trouve la chienne en train de mordiller mes pantoufles. Là aussi il y a mes odeurs. Papa tu ne vas quand même pas te disputer avec Yanka et te mettre à sucer mes pompes puantes, non ?

Jusqu'à quand la chienne reconnaîtra-t-elle mon odeur ? À vérifier dans trois mois par exemple : cent jours, c'est, paraît-il, la mesure de l'état de grâce des nouveaux chefs d'État. L'état de grâce d'un nouveau mort, le temps où tout fait penser à lui, où la seule évocation de son nom fait pleurer, c'est combien ? Cent jours, un an, trois ans ? On va pouvoir mesurer cela objectivement. Combien de temps Yanka se précipitera-t-elle encore sur mes pompes pour en bouffer l'odeur et le cuir ? Quand viendra le moment où papa ou maman ne rechercheront plus partout pieusement la moindre trace de moi ? Jusqu'à quand plongeront-ils presque avec acharnement dans ce qui les fait pleurer ? Présiderai-je longtemps à tous les instants de leur vie, sans exception aucune ? C'est assez intéressant comme questions. Papa, avoue que, toi aussi, entre deux sanglots, tu te le demandes parfois, comme dans un regard incongru vers cet avenir que ma mort vous fait oublier.

Chaos dans ton monde nouveau. Papa, tu hérites, et ce n'est pas des cadeaux. « Fais de beaux rêves, mon amour, ta Nanie qui t'aime. Bonne nuit ma petite belette. » Papa est un peu gêné de découvrir dans les messages archivés de mon téléphone portable un des petits noms que me donnait mon amoureuse. Mais il ne peut pas s'empêcher, il fouille, il fouille dans tout ce que j'ai laissé. Qu'elle me dise qu'elle m'aime, évidemment, il s'y attendait. Qu'il doive deviner que je l'appelais « ma Nanie », pas de problème. Le surnom « petite belette » le gêne. Il faudra qu'il fasse une enquête sur les belettes. Pourquoi Marie m'appelait-elle « belette » ? Parce que je mordillais ses oreilles, ses lèvres, ses seins ? Google dit que la belette est un animal nocturne. C'est parce que je me couchais à pas d'heure ?

Papa n'aime pas les surnoms. Tu ne sauras jamais pourquoi « petite belette » – sauf si tu avoues à Marie que tu as lu les textos qu'elle m'adressait. Ça m'étonnerait que tu oses de sitôt.

Il y a, aussi trouvé ce soir, tout au fond du téléphone portable, ce texto daté du 26 septembre dernier, un mois avant ma mort : « Étoile de la rédemption, bon Lion, news : Reims désormais, et pour le plaisir d'étudier la cathédrale. » Papa décrypte fébrilement. Ce message, c'est sûr, il concerne le voyage à Amsterdam que juste avant ma mort j'ai fait avec Romain. J'avais menti. J'avais raconté qu'on allait à Reims. Papa et maman auraient flippé si je leur avais dit que je partais en fait au paradis du shit – inéluctable plan pour un jeune de vingt et un ans, tu avais bien fait pareil, papa, il y a quarante ans, non ? Après la Hollande, Romain est vraiment passé par Reims. Moi, je suis revenu en Bretagne rendre la voiture difficilement empruntée. C'est de Reims que Romain m'a expédié le texto.

Elle est énigmatique tout de même, cette « étoile de la rédemption ». Tu mettras des années avant de te permettre d'interroger Romain. Aujourd'hui, tu ne fais qu'hériter d'énigmes.

Quand on demandait à papa quel était son signe astral, il ricanait. Il disait qu'il se foutait éperdument de connaître son signe du zodiaque, et encore plus son ascendant. Il ajoutait qu'il ne savait qu'une chose, le nom de son descendant : « Lion », moi. Aujourd'hui où je viens de mourir, papa n'a plus rien, ni ascendant ni descendant.

Le 29 octobre 2003 à 12 h 45, j'avais rendez-vous au service universitaire de médecine préventive. L'ennui, c'est que je suis mort le 25 octobre, quatre jours avant. Depuis quand avais-je pris ce rendez-vous ? C'est ce que papa se demande. Ce carton, il l'avait vu deux fois, trois fois peut-être même, depuis qu'il s'acharne à ranger mes papiers dans un ordre compréhensible. « Médecine préventive universitaire » : il ne voyait que cela sur ce petit imprimé que j'avais conservé : « Médecine préventive universitaire, 29 octobre à 12 h 45 avec Mme… » C'est marqué « RV avec Mme… », suivi de pointillés en blanc, sans mention du nom.

Il est dans le chaos de sa vraie première semaine de deuil, quand les cérémonies ont eu lieu et que les copains sont partis. Solitude, c'est là que commence réellement la mort. Papa a passé la journée à trier mes affaires, à pleurer entre deux coups de téléphone, à se moucher abondamment sans même le prétexte d'allergie à la poussière. Il se résigne à jeter mes vieux cours de première et de seconde, après avoir relu méticuleusement ces nullités accumulées, au cas où, entre un cours d'anglais et un cours de math, j'aurais laissé traîner une note, un dessin, une chose perso qui lui ferait message. Il ne trouve rien, pas de signe, rien que du délayage d'élève qui écoute mal un prof chiant. Après ces heures de fouille affolée – et tout de même indiscrète, papa, je suis mort d'accord, mais quand même –, voici qu'il aperçoit soudain, tout en bas de cette convocation qui le turlupinait, une indication marquée au crayon, à la main, en tout petit. Une information à peine visible, et pourtant essentielle : je n'avais pas rendez-vous avec n'importe quel docteur qui serait disponible ce jour-là pour n'importe quel contrôle préventif annuel d'un étudiant, j'avais un rendez-vous très précis « avec la psy, Mme Le Gouellec ». Marqué de cette façon, au crayon noir, discrètement : « la psy, Mme Le Gouellec ». Une note manuscrite par une main qui n'est pas la mienne. J'avais donc bien demandé de moi-même à rencontrer un psy.

Ça change tout.

Une vieille angoisse envahit papa. Elle l'avait effleuré dès l'instant de ma mort. Il avait cru l'éloigner. La revoici cette angoisse, fulgurante. Tout remonte. Explose à nouveau la certitude intime que papa porte depuis longtemps en lui comme un délire : la toute-puissance de l'inconscient. La folie du désir et de l'âme. Je vis parce que je le veux. Et donc je meurs parce que je... Le délire n'ose même pas finir la phrase.

Papa s'est déjà demandé mille fois si j'étais vraiment mort foudroyé par la faute à pas de chance, un méchant microbe qui passerait et voilà tu es mort. N'aurais-je pas plutôt baissé la garde un instant ?

Une minute j'aurais moins désiré de vivre, et vlan ! Papa a toujours cru, voire théorisé plus ou moins clairement, qu'il lui suffirait d'un moment sans vigilance pour laisser gagner en lui les forces de mort. Une seconde d'inattention à la vie et hop, tout saute. La pulsion de mort, il n'y croit officiellement pas trop, mais tout de même, si, il en sait quelque chose ; il y a en nous, il y a en lui en tout cas, des forces capables de détruire la vie la plus robuste. Alors, il s'est demandé si moi aussi, ces jours-là, inconsciemment, plus ou moins volontairement, je n'aurais pas laissé la porte ouverte à mes propres forces de destruction.

Chaque jour de vie est pour papa comme une décision de vivre, depuis aussi longtemps qu'il s'en souvienne. D'où sa vitalité sans doute. Maintenant que je suis mort, il crie à tout bout de champ « Vive la vie », avec un volontarisme fou. Il lui faut crier cela, « Vive la vie ! *Fiat lux* ! » Vieux cinglé, ça t'aide ? Chaque décès interrogerait sur ce qu'on a fait ou pas fait pour qu'il survienne ou ne survienne pas. Notre propre mort en serait le dernier exemple, irréfutable d'ailleurs. Décider sans cesse de vivre, avoir quotidiennement à reprendre cette décision, hurler « Vive la vie » à la gueule du diable. Jusqu'au jour où l'on se laisse taire et en mourir. Papa hurle tout seul. Le rendez-vous pris avec la médecine préventive relance tous ses délires. Qu'avais-je dans la tête il y a trois semaines pour demander cet entretien et risquer la mort ?

Depuis quelques jours, papa allait justement dans une direction enfin opposée, comme allégée de ses folies. Il avait pleuré de joie en constatant sur le cadran de ma voiture que quelques heures avant ma mort, j'avais fait le plein d'essence. Plein de carburant égale plein de projets, non ? Pareil, la preuve de mon désir de vivre, il la voyait dans cet abonnement au journal *Le Monde* que je venais tout juste de souscrire (le premier numéro est arrivé dans la boîte aux lettres à Rennes le lendemain de ma mort). Je voulais lire *Le Monde*, la vie, le quotidien, j'avais donc des projets de vie, n'est-ce pas ? Je venais aussi de m'abonner à l'opéra de Rennes, tarif étudiant. On ne s'abonne pas au *Monde* ou à l'opéra, on ne fait pas le plein d'essence quand on veut mourir. La grande faucheuse m'était tombée dessus, c'est tout, ni papa ni moi ni personne n'y pouvait rien. La mort existait sans nous, papa était presque prêt à y croire.

Et maintenant patatras, voilà tout par terre après sa lecture enfin complète du pense-bête de la médecine préventive universitaire. J'avais vraiment rendez-vous avec une psy – même son nom est marqué sur la convocation, suffisait de bien voir. Tu as trouvé, après des heures et des heures à ne pas savoir lire. Tu ne te serais pas un peu aveuglé ?
Question suivante.

Téléphoner au psy, mais pour dire quoi ? Pour parler d'hésitation à vivre etc., OK... Papa, tu veux parler de la mienne d'hésitation à vivre, ou de la tienne ?
Papa tourne en rond. Sont revenus à toute vitesse ses vieux démons, les forces de vie qui défaillent. Il va appeler la psy, il va l'interroger. Évidemment, si elle sait quelque chose de mes rapports à la vie et à la mort, elle ne va rien pouvoir dire, surtout sur ce

front-là, intime, strictement confidentiel. Bon, d'accord, elle ne va rien dire, déontologie. Mais s'il ne l'appelait pas, il ressasserait trop. Il s'agit aussi là de sa peau à lui après tout. Il décide de téléphoner dès demain matin.

Papa avait avoué ses délires à Christine et Jean-Jacques le soir de ma mort. Deux médecins, Jean-Jacques et Christine, des sérieux, scientifiques et tout. Et fraternels. Il leur avait demandé en pleurant : « Ne peut-on choisir inconsciemment de mourir ? » Jean-Jacques, le voyant venir, s'était récrié que non, le microbe m'avait frappé, imparable, c'est un tueur ce microbe, un terroriste : Lion est mort, la grande coupure est passée, Lion n'y est pour rien, tu n'y es pour rien. Avec sa mort, notre impuissance a surgi, un point c'est tout.

Christine, femme, elle est plus fine, plus près de ces sorcelleries. Elle avait entendu le doute de papa : et si j'avais laissé le microbe me tuer ? Après tout, ce microbe – *Meningitis fulminans*, c'est son nom –, il vit normalement chez plein de porteurs sains. Pourquoi, soudain, là, en moi, ces jours-là, comment se fait-il qu'il ait trouvé un terrain favorable ? Qu'est-ce qui lui a permis de proliférer tout d'un coup furieusement et de dévaster ma vie ? Ce ne peut pas être le pur hasard. Ne serait-ce pas plutôt ma vie qui se serait abandonnée au monstre et au renoncement et à la mort ?
Papa bafouillait. Ce dimanche-là, devant lui, Christine s'était interrogée à voix haute sur le mystère de ces petits vieux que tu quittes un vendredi en leur disant « Bon week-end, à lundi », et qui te répondent

très tranquillement : « Mais non, mais non, lundi je serai mort ! » Tu reviens lundi, et effectivement le vieux est mort, il a débranché. Il a renoncé. Stop *lux*.

Ces dernières années, papa avait parfois tenté d'interrompre ces spéculations limites qui étaient les siennes depuis toujours. Au lendemain de ma mort, il avait semblé enfin accepter l'évidence. J'avais explosé en plein vol à cause d'un microbe tueur qui avait croisé ma route, un point c'est tout. Son vieux délire ne tenait pas debout. Il y a des choses qui nous échappent, la mort en résumé. Papa faisait des progrès contre sa folie omnipotente. La bombe, la grande coupure, vient à te tomber dessus sans aucune autre raison que le fait qu'elle te tombe dessus, et c'est ce qu'il nous faut de temps à autre voir arriver. Mort égale ce que nous ne contrôlons pas du tout.

Des preuves, il avait cru en trouver dans mes papiers. Pour la première fois, je tenais un agenda. Pour les semaines à venir, j'y avais inscrit un concert de Radiohead à écouter le 27 octobre sur MCM, une réunion au Théâtre national de Bretagne le 30, le concert *live* d'un groupe de rock à Châteaulin le 18 novembre, et, sans précision de date, un certificat à retirer au secrétariat de la fac. J'avais beaucoup de choses à faire avant de mourir.

Papa était prêt à se convaincre qu'il avait flirté avec des théories à la noix pendant des années.

Mais ce soir de sa deuxième semaine en tant que papa orphelin, sa vieille folie se remet insidieusement en route. Rarement j'avais autant préparé l'avenir. Voilà qu'il se met à trouver là de l'eau pour son moulin de cinglé. *Rarement*, j'avais pris *rarement* autant d'options sur l'avenir. Ce seul mot venu à l'esprit autorise la relance d'énormes élucubrations magiques. Régression toute. *Et si, justement, le fils avait accumulé des allures de projets de vie pour lutter contre un obscur et profond désir de mort. Et s'il avait senti l'irruption d'incertitudes secrètes en lui. Et si...* Cette psy que j'avais décidé d'aller voir, ce petit carton trouvé au milieu de la pagaille de ma table de travail à Rennes, ne serait-ce pas une décision que j'aurais essayé de prendre pour stopper en moi les désirs de mort ? J'aurais peut-être tenté trop tard de ne pas être tenté ? Ou même, je n'aurais pas vraiment lutté ? La bombe microbienne, je l'aurais laissée s'exprimer à mort en moi pour ne pas avoir à aller à ce rendez-vous que je venais difficilement de prendre ? Les vieux délires de papa se remettent à mouliner furieusement.

Lorsque lui-même, il y a bientôt quarante ans, il avait pris un premier rendez-vous pour suivre une psychanalyse, il avait immédiatement fait une jaunisse. Carabinée. Mort de trouille, c'est sûr, il l'était. Mais au bout du compte, lui, il n'était pas mort avant de commencer sa cure. Il était allé au premier rendez-vous avec la psy. La semaine suivante, il se tapait cette jaunisse. « Votre corps parle violemment », lui fit remarquer l'analyste, non sans lui faire payer les séances loupées du fait de la somptueuse somatisation introductive. Entrée en fanfare dans l'analyse, trois fois par semaine pendant sept ans. Un jour, la psy lui dira qu'il vaudrait mieux trouver d'autres moyens d'expression que ce corps qui bafouille, ça peut tuer. Papa est un malade psychosomatique. Un corps qui cause violemment contre le désir aura habité toute la vie de papa. Son cancer de la gorge, puis sa thyroïdite, étaient-ce aussi du corps qui parle pour ne rien dire ? Et l'embolie pulmonaire ? Les mots de la psychanalyse de quatre sous faisant maintenant partie de la *doxa* quotidienne, on n'a jamais manqué une occasion de le lui suggérer, ce seraient des somatisations qu'il aurait faites. Il a trouvé une réponse : *Mes guérisons aussi, après tout, c'est du corps qui parle, et merde. Et vive la vie !* (Refrain.) L'analyse lui a au moins donné de la repartie.

Tout de même, les doutes envahissent papa. Peut-être j'étais en analyse depuis longtemps, et je n'en avais rien dit, surtout pas à lui. Peut-être étais-je à un moment difficile du chemin, et il n'y avait vu que du flou. Papa cerné par mille doutes, mille remords. Il aurait dû… Ponctuation permanente du deuil, l'infâme culpabilité fait son boulot. C'est ce qu'on appelle les regrets éternels.

Papa passe la nuit obsédé par la question. Elle tourne dans tous les sens. Et de radoter. Et si j'étais mort de la parole violente de mon corps ? Et si j'étais mort de peur, comme lui, à la simple idée de laisser parler l'inconscient et le désir ? Et si j'étais moi aussi comme les mecs de sa famille, son père en premier, un muet de l'émotion. Papa est un peu sorti de là grâce à l'analyse. Pas toujours. Papa ne dormira pas cette nuit.

Le lendemain matin, il téléphone au Centre interuniversitaire de médecine préventive du campus. Au standard, quand il se nomme, on n'hésite pas : « Peut-être vaut-il mieux que je vous passe non pas Mme Le Gouellec, mais le médecin-chef », dit une jeune femme à la voix douce avant même qu'il ait fini d'exposer les raisons de sa démarche. Musique d'attente. En un sens, il est soulagé, pas par la musique d'attente – merdique comme d'habitude –, mais par la vivacité de la standardiste : son appel n'était pas tout à fait inattendu. On semble au courant de la mort de ce patient qui n'était pas venu au rendez-vous.

Papa, réfléchis bien : il est temps encore de raccrocher, que peux-tu dire ? Tu veux vraiment savoir ? Et d'abord, tu t'es demandé si j'aurais voulu que tu saches ? De toute façon, la plupart des questions te sont interdites. Le secret professionnel existe, il faut l'espérer.
Papa ne veut pas lâcher. Il se sent obligé d'insister. Au moins, savoir cela : *S'agissait-il ce 29 octobre d'un premier rendez-vous de mon étudiant de fils avec la psy ?*
Limite indiscret, papa, que trouveras-tu dans la vie de ton mort ?

Au bout d'un moment, le docteur Bernheim le prend en ligne (Barnart ? Bernin ? Non, ça fait cardiologue ou architecte. Papa n'ose pas faire répéter. Il décide Bernheim – Bernheim, ça fait plus psy). La médecin-chef, une femme, énonce ce que papa redoutait : on ne peut rien lui dire. Il s'obstine. Elle se déplace et lui laisse deviner qu'il s'agissait d'un premier rendez-vous – en effet, les consultations ultérieures ne sont jamais notées sur un tel bout de carton préimprimé, la poursuite d'une cure s'organisant directement entre les psys et leurs patients. Ce bulletin, on ne vous le donne que le jour où vous venez pour la première fois.

Soulagement de papa. Je n'étais donc pas encore tombé entre de mauvaises mains de mauvais psy. Je ne suivais pas une analyse à son insu depuis des mois. Voici au moins une chose d'épargnée à sa culpabilité.

Le trouble revient par une autre porte d'entrée. Il l'avoue par téléphone : mais qu'allais-je donc faire chez un psy, sinon dire ma détresse ?
Papa pleure sans bruit au téléphone. Je ne t'avais rien dit ? Et alors ? Merde, papa, c'étaient mes oignons, pas les tiens. Je ne t'en aurais pas parlé de toute façon.
La médecin-chef rompt le silence :
— Quoi qu'il en soit, monsieur, je voulais vous dire, une bactérie pareille, ça n'a rien à voir avec une cure !...
Papa reprend très vivement, trop :
— Vous êtes sûre ?
Silence. Puis la femme médecin ne ment pas :
— Non, je ne suis sûre de rien. On ne peut être sûrs de rien. La médecine est une petite chose.
La psy n'a pas tourné autour du pot, elle n'a pas esquivé, elle n'a éludé ni l'angoisse de papa, ni son désir, ni le mystère.
Papa pleure longuement après avoir raccroché. La médecine est une petite chose. La psychanalyse aussi.

Chaos. Papa entend l'Erda de Wagner, *fortissimo*, la mère des Parques et des Walkyries qui ne peut plus rien entendre, il revoit comme en film l'épitaphe

décryptée hier au bas d'une tombe d'enfant à Ploaré :
« Dieu soudain t'a vu, il t'a aimé, et il t'a dit :
Viens ! » Cet ordre pédophile monstrueux d'égoïsme
le rend furieux. « Viens ! Quitte la vie pour moi ! »
Le Dieu des chrétiens est décidément un vrai salaud.
Et le destin.

L'inconscient aussi, rumine ensuite papa, bien placé
pour savoir quels démons l'habitent.

Wotan paumé, Erda vaincue, Tristan à l'agonie,
Wagner tricote des *leitmotive* dans la tête d'un fou de
plus en plus vieux. C'est le matin. Papa pleure comme
d'habitude.

Il criait « Vive la vie » parce qu'il y croyait depuis
toujours, parce que, benêt ahuri, il la voulait, la beauté
du monde. Maintenant, il va encore et quand même
crier « Vive la vie », plus du tout parce qu'il y croirait,
mais parce qu'il faut de toute manière. À la morgue,
quand on m'y a mis, lui, le papa peut-être encore plus
désespéré de ma mort que ma copine Marie, il s'est
vu la prendre par le bras et, dans le froid glacial d'un
soleil déjà hivernal, lui faire chanter exactement
comme il dirigerait un chanteur sur scène « Vive le
soleil ! Vive le soleil ! » Elle pleurait, elle sanglotait,
inconsolable, elle ne voulait pas crier, il ne la lâchait
pas, il pleurait lui aussi, mais il n'en démordait pas,
il voulait, il la secouait, insistant « Crie-le, chante-le
avec moi : Vive le soleil ! » Il la tournait face au ciel
bleu, dos tourné au mortuarium, il s'accrochait furieusement à son entraînement délirant. Il sautait, il chantait « Vive le soleil ! Vive le soleil ! Vive le soleil
quand même ! »

Finalement, elle avait cédé, peu importe pourquoi. Pour faire plaisir à ce vieux fou de douleur ridicule qui danse et qui braille à deux pas du cercueil de son fils. « Vive le soleil ! Vive le soleil ! Vive la vie. » À travers ses larmes, elle a crié elle aussi, pas très fort mais tout de même, « Vive le soleil ! » Il s'est raconté qu'il avait greffé un peu de désir de vie à cette jeune veuve effondrée de dix-neuf ans même pas mariée. Il s'est dit que ce serait toujours ça d'énergie d'injectée dans l'âme de cette femme qui aimait maintenant un mort. C'est peut-être vrai que tu as réussi, papa, pourvu que ce soit vrai. Mais toi, papa, si tu es honnête, tu cries vraiment encore « Vive le soleil » ? « Vive la vie » ? Encore ?

Silence. La seule chose assurée pour toi, c'est que ce n'est pas ton truc, le soleil. Maman, par contre, adore.

Les joies inracontables du maternage et du paternage, il les a savourées goutte à goutte quand j'étais bébé. Quelle chance, vivre avec la vie.

Et maintenant, vivre avec ma mort. Les moments de deuil sont racontables. C'est affreusement racontable le temps de mort. Papa est en plein dedans.

En bon stoïcien moderne, papa croit – comme tout le monde probablement aujourd'hui – que le vrai bonheur, c'est l'instant que l'on vit. Ne rien attendre d'espoirs sur l'avenir. Ne pas se cramponner au passé, vivre purement le présent, le bonheur serait là.

Équation : maintenant que je suis mort, ton vrai bonheur ce serait donc ta douleur de l'instant présent ?

Tout ce qui éloigne papa de sa détresse – occupations professionnelles, coups de téléphone, démarches, etc. – lui est insupportable. La seule chose à laquelle il aspire vraiment, c'est cette actualité intime, la souffrance que ma mort provoque en lui. Il en a pour un moment avec ce présent. Il veut vivre totalement, comme purement, ce présent. Il le cultive donc. Faire retraite. Pleurer, assis à côté de ma tombe, le ciel de Douarnenez immense tout autour, la mer au fond, ma tombe toute petite devant l'océan, pleurer, accueillir cette douleur, l'aimer presque. Le maigre bonheur de son présent c'est son malheur.

Papa en veut à quiconque l'en éloigne.

Papa lit compulsivement mes cours pour garder le contact avec moi. Trouvée, un soir de fouille triste, cette citation de Pat Metheny très fortement encadrée de rouge entre deux paragraphes sur Platon : « La musique suffit pour faire des câlins. » La musique me faisait des câlins, comme à toi. Il rigole, *La musique, l'art ? Pas très bien vu par Platon, ça.* Il parle encore à l'étudiant en philo. Plus loin, il trouve un gribouillis en travers de la marge : « Renoncement : à quoi renonce-t-on ? »

Je t'ai laissé des cahiers à feuilleter pour des années, papa.

Un père qui hérite de son fils, ce sont des enchaînements de mots inconcevables. Désordres du temps.

« Renoncement : à quoi renonce-t-on ? » Il y retourne. Est-ce que ma note aurait un sens caché ? Elle vient sans doute d'un prof pendant un cours, mais à quoi pensais-je, moi, en la reprenant dans mon classeur, à quel renoncement le prof m'a-t-il fait réfléchir ? Un amour ? La vie ? Papa, stop ! Tu débloques. Je ne savais renoncer à rien. Au restaurant, choisissant un plat, je devais éliminer dans la carte, et c'était impossible, paralysie pendant que le serveur attendait patiemment crayon à la main. Un supplice interminable. Comment trancher entre un pâté en croûte et des escargots de Bourgogne ? *Renoncement : à quoi renonce-t-on ?* Papa, attention : la mort te pousse à prêter sens au moindre détail. Tu sais bien, ce sens, il n'est jamais le bon sens, il n'est que mauvaises fictions, amertumes, regrets, doutes, rétroviseurs tordus.

Peut-être que je n'ai renoncé à rien. Peut-être que si. Et alors ?

Maman ne cesse de murmurer dans ses larmes « Quelle injustice, quelle injustice ! » Pour papa, « injustice » ce n'est pas approprié. Lui, il est incroyant. S'il y a injustice, il y a un injuste, Dieu. Ou, pire : il y a celui qui a peut-être accepté de mourir, moi. Papa ne supporte pas ce *leitmotiv*. Non, ce n'est pas injustice pas plus que justice : ce n'est que chaos. Plairait à papa l'idée que c'est un battement d'ailes bleu et doré quelque part au fond des îles du

Pacifique qui a provoqué ce cataclysme chez nous. Grâce au papillon, grâce à la distance imparable et improbable, il n'y aurait ni coupable, ni injustice, rien qu'un tremblement de l'air, et puis ce séisme, la méningite fulgurante tombée sur moi comme une météorite.

Papa se retourne dans le lit et caresse l'épaule de maman qui se cramponne à un espoir de sommeil.

Papa ne comprend pas comment il peut faire des rêves érotiques à pareil moment. Je viens de mourir il y a moins de deux semaines, il pleure dix fois par jour, chaque soir d'énormes vagues de désespoir le submergent. Et voici que surgissent dans sa nuit des femmes nues, des femmes avec qui il va faire l'amour. Il peint le corps de l'une – oh ! quand le pinceau peint le sein ! Il aime une autre debout. Une nuit, je suis même là et je vois tout. Une femme fait « la tranche de jambon » entre lui et maman. Langage familial. Nous plaisantions ainsi tous les trois, moi bébé et même bien plus tard, le mois dernier encore je crois, j'adorais ce sandwich-là, moi jambon, eux pain d'amis aimants.

Chaos de tous les matins.

Huit ou dix jours avant ma mort, maman était revenue de sa mammo avec un souci, un petit kyste apparu au sein gauche. Vérifications lancées, radios envoyées à Brest. Attente du diagnostic définitif pour trois semaines. Papa anxieux. Martine G., la gynéco amie, assure que c'est normal, des kystes à cet âge-là, qu'il faudra surveiller, c'est tout. Pierre G. disait même qu'il ne faut jamais opérer un kyste sain.

Non, pas de ça ! Pitié ! Pas de cancer pour maman. Avec la mort de son fils, papa a cru, comme espérerait un désespéré, qu'il avait connu le pire qu'on puisse connaître. Faux, il pourrait encore vivre d'autres choses terribles, la mort de sa femme aimée, la solitude, la pauvreté, la guerre, la maladie, la souffrance physique, la déchéance, et d'autres catastrophes intimes. Ne te prends pas pour un Titus Andronicus, papa, tu n'as toujours pas connu le pire du simple fait que ton fils unique vient de mourir. Tu ne peux pas encore rire aux éclats.

Les résultats sont arrivés ce matin. Négatifs. Maman et papa savourent à peine le positif.

Papa a besoin de se renarcissiser. Une tendresse, un sourire, une admiration. Il lui faudrait à nouveau s'aimer. En ce moment, plus rien n'a de goût, plus rien n'appelle. Pour s'aimer, il lui fallait donc aussi une descendance ? Papa est arrivé à le formuler hier soir à maman : le sens de sa vie, le sens de son monde, c'était l'ordre vectoriel des choses, j'en étais devenu l'origine et l'horizon. Maintenant, il ne sait plus dans quel ordre mettre le monde. Quel sens a-t-il, si même il en a un ? Papa a perdu ses cadres *a priori* de la perception. Il me disait doctement que l'espace et le temps de Kant, c'étaient comme des logiciels. Voilà qu'il a buggé grave, j'étais son programme, son GPS – il ne le savait pas bien.

Le sens de la vie, c'est un vecteur, ce n'est qu'un vecteur, une direction. Maintenant plus rien n'est fléché, sa boussole tourne à vide.

Mais non, il y a quelqu'un encore : Martine ! Sens ! *Vive la vie !* Papa se ranime. Pas longtemps, papa a peur. Peur enfantine qu'elle le quitte un jour, qu'elle meure avant lui, peur du cancer, peur qu'elle ne l'aime plus ! La boussole s'affole. Papa découvre ses dépendances.
Maman lui dit : « Tu sais, je comprendrais si tu voulais faire un enfant, forcément à une autre femme, forcément. » Il ne le fera pas.

Louise et papa marchent le long du port. Louise tente de rassurer papa. Elle dit que ce rendez-vous avec une psy que j'avais pris pour le lendemain de ma mort, c'était une promesse de vie, un signe de mon envie de vivre, au même titre que mon abonnement au *Monde* ou à l'opéra. Merci à toi Louise d'aider papa. Elle ajoute que tout jeune devrait aller voir un psy vers vingt ans, pour parler de ce dont il ne peut parler ni avec les parents ni avec les amis. C'était peut-être ce que j'allais faire chez le psy, la première révision après le rodage de l'adolescence. Papa aimerait bien.

Mais restent enkystées ses folies à lui. Un autre signe l'aveugle en ce moment : au cours des dernières années, juste avant ma mort donc, il a mis en scène au moins cinq ou six opéras sur la mort intime. Et même une fois un spectacle sur le deuil d'un enfant. Pourquoi ? Pourquoi justement ses tours et retours incessants sur le deuil ? Il prend maintenant tout cela comme des anticipations, et même comme des maléfices. Torture. Et pourquoi, en plus, a-t-il commandé en 2001, deux ans avant ma méningite, un autre opéra – *Sumidagawa* –, que Susumu Yoshida est tout juste en train de composer, et qui sera une fois encore le récit de la mort d'un enfant ? L'inconscient rôde partout, papa est cerné par son délire.

OK, il ira voir à nouveau un psy.

« Si vous me demandez comment je vais, comment pourrais-je vous répondre ? Si je disais que je ne vais pas bien, ce serait lancer un appel au secours. Donc, je ne vais pas mal, je ne suis pas faible, non je ne suis pas incapable de travailler. Mais je vous dois la vérité, je ne peux pas dire que je vais bien : ça ne va pas bien du tout. C'est donc à la fois plus simple et pire. Je ne vais pas mal et je ne vais pas bien. Une autre fois, j'essaierai de vous parler de ce deuil plus complètement. Pas aujourd'hui. »

Lundi dernier, quand il a repris le travail, papa a parlé en ces mots à l'équipe du théâtre.

Les yeux de papa ne cessent de pleurer. Comme si les larmes qui lui viennent si vite avaient pris le pouvoir et bousillé profondément la jointure de ses paupières. Résultat, son œil gauche pleure tout seul, même quand l'âme de papa ne sait pas bien si c'est elle qui pleure.

Il y a maintenant deux semaines que je suis mort. Demain matin, papa se le promet, il apportera à la blanchisserie le reste de mon linge sale, après mes draps et ma couette. Quand même pas ce soir, demain. Les heures passent. Impossible de dormir. Papa ouvre iPhoto sur son ordinateur. Plongée compulsive dans les photos de ma vie, pourtant déjà inlassablement regardées chaque jour.

Album Gras 2003 : les derniers clichés que j'ai pris moi-même. C'était cette année, il y a six mois, début mars, lors de Carnaval. Papa et maman s'étaient costumés – vaguement orientaux vaguement vénitiens, ils étaient ridicules, mais je riais de plaisir à les voir ainsi masqués, maquillés outrageusement, méconnaissables. Déguisés comme des enfants, ça ne se fait pas à leur âge ! Tout Douarnenez fêtait les Gras, eux aussi. Je n'avais pas voulu me déguiser, moi. Papa suppose maintenant que, en me forçant un peu, ils seraient peut-être parvenus à ce que je me costume. En effet, il aurait suffi de m'encourager plus fort. Vous n'avez pas osé. Tant pis. Tant pis pour qui d'ailleurs, pour moi ou pour vous ?

Album Port de Douarnenez. Le 24 octobre encore, veille de ma mort. À l'aube, ces images prises d'un splendide lever de soleil sur les brumes de la plage du Ris, face à la maison. D'habitude, aube veut dire promesses. Aujourd'hui, il ne reste aucune promesse. Lui fait affreux cette aube belle qui n'annonce rien, ni la paix ni le désastre du lendemain. Papa écrase rageusement l'album dans la poubelle de l'ordinateur.

Album 25 octobre 2003. Il ne fallait pas attendre. Dans l'état où j'étais, l'hôpital a demandé à me mettre à la morgue direct depuis la salle de réanimation où je venais de mourir. Risques de décomposition rapide du corps. Comme mes fringues sont fichues, tachées de sang, découpées en urgence aux ciseaux sur le billard, il vaut mieux me changer.

— Vite, faites vite pour lui donner d'autres vêtements. C'est nécessaire. En plus, la morgue ferme dans deux heures.

Ils comprennent sans comprendre, il faut vite m'habiller avant que mon corps ne soit trop rigide. Ils obéissent sans vouloir. Aller et retour monstrueux au volant entre Quimper et Douarnenez pour choisir à toute vitesse mes derniers vêtements. Je ne suis pas mort depuis une heure et déjà mes habits de mort ! Pleurant, hurlant, assommés, fous de sembler déjà se résigner à ma mort en acceptant de choisir ces vêtements, papa et maman ont foncé en voiture, vingt kilomètres, chauffards sans rien voir. Arrivés à la maison, ils prennent à la volée mon sweater bleu à capuche, mon jogging noir, mes baskets noires, des chaussettes blanches, et un caleçon (probablement on ne va pas au cimetière sans caleçon). Et puis, ça suffit, vite, retour à l'hôpital, Lion est là-bas, vite le retrouver, sanglots ahuris, retour vers Quimper, vingt kilomètres toujours aveuglés de larmes, dangers publics sur la route, *Lion est là-bas, Lion est là-bas*, comme si j'y étais.

Dans cette tornade, comment papa a-t-il pu penser à emporter son appareil photo ? Qui dit cliché dit regard, distance, pas de côté. Au lieu de secourir la petite fille qui agonise, le paparazzi photographie. Au lieu de pleurer, papa pense-t-il vraiment à prendre des images de ma mort ?

Ce soir, papa trie les cinquante-trois clichés de l'*Album 25 octobre :* mon cadavre mitraillé d'impacts à méningocoques violets. Cinquante-trois clichés du présent désormais éternel de papa. Photos moches, très moches à regarder. Mais photos là, bien là, il faut même avouer *heureusement* là : papa se serait indéfiniment reproché de ne pas les avoir prises. Il ne sait quelles forces l'ont poussé à braquer l'objectif voleur sur moi, au lieu de continuer à caresser mon visage en espérant que le froid ne me gagne pas. Les forces ont joué, il ne les aime pas trop ces forces, il leur trouve un côté malsain, diabolique même. Mais les photos sont maintenant là, bien après ma mort, et ça lui est précieux. Papa retouche inlassablement les clichés pris entre deux sanglots dans la salle de réanimation où on ne me réanimait plus.

À la même heure, d'un bout à l'autre de la planète, un million de photographes amateurs bidouillent comme papa leurs photos de famille sur l'écran de leur ordinateur. Un million au bas mot, peut-être deux millions, deux millions de clones photographes consommateurs mondialisés. Et que je te recadre. Et que je te supprime les yeux rouges. Et que je te floute. Et que je te redresse. Et que je réduise le bruit. Pivoter, comparer, éditer... Le plus souvent, c'est de la vie qu'ils éditent ces photographes amateurs, et c'est beau cette image qu'ils ont de leur vie, le rire d'un enfant, la douceur d'un paysage ou sa force colossale, la voiture neuve du prochain voyage, le doré d'une peau aimée. Papa bricole comme tout le monde. Il est globalisé, pas original. Mais c'est avec mon cadavre mitraillé qu'il bidouille. Il se sent très seul.

Jadis, on faisait des moulages de la main du mort – qu'on posait ensuite sur la cheminée du salon. Aujourd'hui, on fait des photos qu'on arrange et qu'on archive.

Je suis affreux. Ma mort fulminante est encore plus laide que la mort. Morbide hobby de papa. La souris court sur l'écran, raccourcis clavier, touche option-pomme-majuscule, papa duplique. Il pousse la balance des contrastes à zéro, je m'efface, mon cadavre encore allongé sur le billard devient fantôme. Sauvegarder. Il serre sur une autre image, les belles mains dorées de maman étreignent les miennes aux ongles bleus. Sauvegarder encore. Un recadrage sur mon profil gauche, sauvegarder, mon profil droit, sauvegarder, un autre cadrage sur sa propre main qui caresse mon front bientôt glacé, sauvegarder, sauvegarder. L'ordinateur de papa mouline comme le fou qu'il est. Sauvegarder quoi ?

À force de copies et d'ajustements, les cinquante-trois photos qu'il a faites dans la salle de réanimation, photographe dingue d'amour et de mal, deviennent cent cinquante, deux cent cinquante, cinq cents vignettes informatiquement dorlotées. Les photos retravaillées prolifèrent. Papa me caresse par pixels interposés.

Si on regarde son activité objectivement, papa trafique un cadavre déjà vieux et en cendres. Film d'horreur amateur.

Il n'y passe pas tout son temps, à l'ordinateur. Les nuits, il pleure beaucoup aussi.

Chapitre 2

> *... L'enfant que j'avais tout à l'heure*
> *Quoi donc ! Je ne l'ai plus ?*
>
> Victor Hugo

Le samedi 25 octobre 2003, à 12 heures 17 minutes et 54 secondes, a été débitée du compte en banque la somme de cent trente et un euros et soixante-dix centimes. C'est l'information précise que papa roule dans ses doigts, huit cent soixante-trois francs vieux à midi et quart, notée sur la facturette que lui a laissée la caissière d'Intermarché. Je serai mort dans quatre heures et papa consomme au supermarché.

Il la haïra désormais gravement cette incontournable étape des courses hebdomadaires. Il méprisait depuis longtemps ces endroits de nulle part – musique de merde, produits médiocres, géographie insinuante, fantômes voûtés qui roulent d'une gondole à l'autre. Mais il y allait toutes les semaines, contradictions d'aujourd'hui. Qu'il ait pu perdre là les derniers quarts d'heure où il lui aurait été possible d'être près de moi vivant, ce souvenir l'anéantit. À présent, chaque fois qu'il franchit le portillon d'Intermarché, il prend en pleine poire ce présent perdu, quand la mort m'arrivait au galop. Lui, il était *au nulle part*, il n'était pas là avec moi. Au supermarché, on n'est pas vivant avec les vivants, *a fortiori* avec les bientôt morts.

Il croit que dans ma fièvre folle de ce samedi matin, j'attendais qu'il revienne des courses – comme si je n'avais que cela à faire à ce moment-là.

Papa pousse son caddie plein de pizzas, Coca-Cola, croque-monsieur et autres saloperies que je ne consommerai donc jamais – c'était pourtant uniquement pour moi qu'il en prenait. Il se raconte encore qu'une bête fièvre angoissée me cloue au lit depuis hier soir, et il pousse son chariot débile entre mille publicités. Maman et papa se partagent les tâches le plus souvent ainsi : à papa d'aller au marché, lessives, eaux, légumes surgelés, laitages, etc. À maman de faire la cuisine. Papa et maman inversent parfois les rôles. Pas ce matin. Pas de chance pour papa, chance pour moi : maman s'occupera très bien de moi, mieux qu'il ne l'eût fait. J'ai de la fièvre, elle soigne son bébé. Quand il saura le détail, papa s'émerveillera de l'efficacité de maman dans ces heures invraisemblables. Il sera aussi jaloux.

Maman est très inquiète, comme toujours quand son fils a de la fièvre. Maman se raisonne, maman se dit qu'il ne faut pas s'affoler, que cent cinquante fois depuis vingt et un ans que je suis né elle a failli s'affoler pour rien. Tout de même, elle est mal. Elle se contrôle, elle me cache sa peur, elle téléphone aux amis – « Lion a beaucoup de fièvre, oui, je sais, il y a une épidémie de grippe en ce moment. » Elle appelle le médecin de garde (mais ça ne répond pas – aucune garde médicale spécifique à Douarnenez le samedi matin), elle compose le numéro des médecins locaux dont le nom lui revient (l'un, enfin joint, mettra des heures à venir, mais trop tard), elle lance un appel de détresse au Samu qui a autre chose à faire qu'à soigner une fièvre et qui la renvoie au médecin familial (mais il n'est pas là). Elle tourne en rond. J'avoue à maman que je ne me sens pas bien du tout. Il est 11 h 30. L'affolement grimpe d'un cran.

Prenant son portable en cachette pour ne pas m'inquiéter, elle appelle papa. Ma fièvre est très forte – 41° –, il faudrait vite passer à la pharmacie prendre des médicaments antifièvre. Papa suspend le supermarché, et part faire la queue à la pharmacie. À peine a-t-il payé l'aspirine que maman le rappelle : des amis très chers ont conseillé de prendre également des médicaments homéopathiques. Très efficaces, disent-ils, contre la fièvre et la grippe d'où sortent aussi leurs deux fils. Papa retourne à la pharmacie malgré le total mépris qu'il a pour les homéopathies, homéopathistes et autres homéopatheries (Ses préjugés, il les doit à sa mère, inféodée avec délices et depuis toujours, à toutes sortes de superstitions médicales, tandis que son propre père ricanait, sceptique et jaloux de ces charlatans qu'elle courait. Il a préféré hériter de son père.) Ce matin pourtant, sans rechigner, papa retourne à la pharmacie : à nouveau queue interminable, comprimés homéopathiques pas tous là, commande à passer, il ne renonce pas, il commande. Mais, rationnel tout de même, il retourne au supermarché pour finir ses courses. L'homéopathie, en fait, ça l'a rassuré avec un infraraisonnement du type : médicament de charlatans donc maladie imaginaire. Mais vient un nouvel appel de maman. Il est midi passé, le portable capte mal, la voix est hachée, ondes ou stress. Papa se déplace en courant parmi les gondoles. Le portable reçoit au rayon surgelé. Il fait soudain très froid. Maman lui dit que les choses ont pris un tour urgentissime. Des taches noirâtres apparaissent sur mes bras, le Samu a enfin accepté de venir. Elle a besoin de lui d'urgence. Papa se précipite vers la caisse, il ose demander à passer en premier, six personnes s'effacent dans la queue, il paye. Sa carte bancaire ne fonctionne pas, code erroné. Il recommence. Erreur encore. Papa pense à planter là le Caddie. Il flippe. Pourquoi ces taches noires sur mes bras ? Il s'enferre dans ses élucubrations sur la came : j'avais donc avalé des saloperies de champignons hallucinogènes ! Les chiffres s'emmêlent. Danger. Puisque le code ne marche pas, il change de carte, il propose la carte bancaire du théâtre – transgression immense, abus de biens sociaux, tant pis il s'en fout, il remboursera plus tard, faudra pas oublier, c'est trop urgent –, il tape quatre chiffres, code bon, ouf. Vite charger le coffre de la voiture, démarrer, dévaler la rue Jean-Jaurès, passer en trombe devant le cimetière de Ploaré, face à la mer, face à la mort où j'habiterai la semaine prochaine.

Parvenu à la maison, il monte quatre à quatre l'escalier vers ma chambre. Maman lui dit que le Samu arrive d'un instant à l'autre. Elle chuchote pour ne pas m'affoler. Il s'approche du lit. Je lui souris. Il m'embrasse la main. Je suis épuisé, mais je peux le regarder et accueillir son souci. Ça le rassure. Maman lui demande de se dépêcher : il va y avoir brancard, ambulance. Tout préparer pour l'arrivée du Samu, pousser les chaises, les tables, les meubles qui encombreraient le chemin des secours. Tant pis. Papa doit me lâcher la main. Il redescend au galop garer l'auto, il vide le coffre, il range les courses dans le frigo et le congélateur. Il croit préparer mon retour de l'hôpital ce soir, avec un fils retapé, convalescent et affamé – il y croit encore. Dix minutes passées loin de moi. Trois minutes de plus à garer plus loin la voiture afin que l'ambulance puisse stopper pile devant la porte de la maison. Papa revient, il enroule à toute vitesse un tapis pour que les brancardiers ne bronchent pas dedans. La poussière le fait tousser. Il cherche un Kleenex. Une demi-minute. Il enlève toutes les chaises de l'entrée, il ouvre grand toutes les portes, il éclaire au mieux l'escalier, il déblaie deux cartons de partitions. Deux minutes. Papa prépare l'avenir, papa travaille pour après ma guérison.

Au total, un gros quart d'heure où papa n'est pas là. Papa n'est pas près de moi, il est ailleurs, comme toujours les mecs, à anticiper autre chose que ce présent où je meurs.

Il remonte enfin en courant à ma chambre, il m'embrasse la main, il me caresse la jambe droite. Une tache noire vient d'apparaître sur ma cuisse. C'est la première tache qu'il voit sur mon corps. Stop. Il est tétanisé, symptôme inconnu. *C'est grave*, se dit-il. Une sirène dans la rue, le Samu arrive. Il repart, il descend au galop ouvrir la porte. Le médecin monte, une femme en blouse blanche. Elle regarde mon état, pas plus de trente secondes, elle comprend vite, elle prend papa à part et lui dit à voix basse : « C'est grave, c'est très grave. » Coup de poing. Ce n'est plus lui qui se le dit, ni maman : on le leur dit. Inquiétude visible de cette femme, voire panique. Sur son ordre, les infirmiers mettent des masques, enfilent des gants. Subitement, c'est la guerre atomique.

Lundi, c'était le paradis entre nous. Hier soir montait l'angoisse. Maintenant, catastrophe totale. Papa s'allonge sur mon lit, se penche vers moi. En caressant longuement ma jambe, il murmure :

— Bagarre-toi mon fils. Bagarre-toi.

Il y avait eu un match à la télé cinq jours auparavant, le lundi 20 octobre. On avait trouvé ce prétexte pour, tard dans la soirée, s'entretenir tous les deux longuement au téléphone, lui à Douarnenez, moi à Rennes, avec une joie et une simplicité rares à ce point entre nous. On a parlé du match, super foot anglais. Très vite, la conversation dérive vers plus important. Papa me parle de la vie, de la philosophie et du lien entre les deux, ce lien que les manuels établissent si peu, voire, dit-il, pas du tout – « ceci peut-être volontairement, comme si les idées n'avaient rien à voir avec la vie ». Papa pense que plein de commentateurs, de directeurs, de fonctionnaires et même d'artistes agissent comme si l'art, le théâtre, la musique, la peinture n'avaient pas grand-chose à voir avec la vie. En fait, c'est peut-être ce qu'ils souhaitent, un monde à part. Papa le croit, il en a après le formalisme, le conceptualisme, le structuralisme, le postmodernisme et toutes sortes d'autres « ismes » fleuris au gré des modes depuis trente ans. Les importants mettent en pratique leurs préjugés, et c'est cette interdiction de raconter des histoires qui domine en France depuis les années soixante-dix. Papa rage après les sectaires. « Heureusement, heureusement, le génie, ça passe à travers toutes les gouttes. » Il tente de ne pas être trop raide quand il me parle de ses dadas. Il n'y arrive pas. Ils l'énervent ces artistes qui ne parlent qu'aux artistes, et ces cours de philosophie qui ne parlent que d'histoires de la pensée et de jeux intellectuels brillants (ou chiants), très loin de nous. « La philosophie, c'est une façon de vivre. » Papa déblatère contre le monde des formes pures et des idées justes.

Papa a une oreillette, moi pas. Le téléphone commence à chauffer.

Papa a deviné que je suis un peu perdu dans mes cours à la fac. Il se dit aussi que je suis peut-être un peu perdu dans mes amours. Ce sont des choses qui arrivent à mon âge. Il laisse tomber les idées, il me raconte des choses de sa vie à lui. Le téléphone, même chaud bouillant, nous aide à trouver la bonne distance entre nous. Après les préliminaires foot, musique et philosophie de la philosophie, papa parle enfin de lui, de ses amours, des hauts et des bas. Pour me dire en sous-texte discret que ma vie à moi aussi aura ses hauts et ses bas, et que les bas, il faudra les prendre comme ils viendront. Il utilise des métaphores, il faudrait faire un pas à travers la porte, une porte étroite (j'en ai entendu parler ; il a piqué cette formule à Gide, il avait mon âge – moi j'ai lu un résumé de Gide pour le lycée). Une porte étroite à passer, ça fait mal. On croit qu'on n'y arrivera pas, mais si on parvient à passer, on a sacrément avancé. Sacrément, c'est le mot qu'il dit.

Ce dernier lundi soir de ma vie, je pousse papa à continuer à me parler ainsi. Je n'ai pas peur. C'est nouveau entre nous. « Papa, tu peux y aller. » Il est tout ému, presque étonné de me sentir si ouvert et attentif. Joie, frisson, joie. Il en sera effrayé la semaine prochaine, mais rétrospectivement, après ma mort. L'ado en moi a cédé à l'adulte qui vient. Un dialogue éthico-théorique avec son fils, quel papa ne s'en bouleverserait-il pas ? Papa savoure. Moi aussi. Allongé sur son lit, papa a calé ses trois oreillers habituels, moi je suis vautré sur mon lit à deux cent cinquante kilomètres. On est là l'un à l'autre. La conversation durera au téléphone plus d'une heure et demie. Facture énorme en vue, c'est papa qui paie, mais il s'en fiche vu le rapport qualité/prix.

Dans moins de cinq jours, je serai mort. Nous ne le savons évidemment pas. Mais, dès ma mort survenue, papa devenu fou se demandera si, moi, je ne pressentais pas quelque chose ce lundi-là au téléphone. J'étais tellement ouvert, tellement disponible, n'abordais-je pas déjà des rivages extrêmes ? Pas consciemment, bien sûr. Mais n'y avait-il pas quelque chose en moi, un bout de *ça*, une molécule, un microbe, une cellule, une minuscule part à la frontière du physique et de l'immatériel qui savait que de la mort était déjà à l'œuvre en moi ?

Nul ne se préparait à la bagarre, ni lui ni moi. La paix d'une conversation si douce ce lundi soir, vivent les télécoms. Et le torrent invisible de la mort qui dévalait. Vive rien.

Quatre jours plus tard, vendredi 24 octobre, minuit. « Aide-moi, mon fils, aide-moi ! » Papa se tortille sur le bord de mon lit. Il a très mal au dos, comme souvent. Il n'y a pas que cela. Papa a pris tout à l'heure le capot de la voiture sur la tête en déchargeant des courses faites au galop dans une épicerie – le plein au supermarché ce sera pour demain matin. Il a une belle bosse. Il a encore une migraine. Il est bougon, c'est agaçant de s'être laissé assommer, et puis c'est douloureux. Il est angoissé par mon silence. Mauvaise ambiance. Mon mal-être a envahi toute la chambre.

— Aide-moi à t'aider ! Si tu crois que parler un peu de ce qui te tourmente en ce moment peut t'apporter quelque chose...

Je marmonne non. Il reprend quand même. Je le supplie de ne pas insister :

— Plus tard, demain, pas maintenant. Quand je pense, ça tourbillonne dans ma tête.

Papa n'insiste plus. L'ambiance ouverte de lundi dernier est furieusement loin. « Tourbillon », « demain », « plus tard » : mes mots le confirment dans une de ses intuitions stupides, mon moral serait à zéro. Il s'imagine subitement que je suis en train de quitter ma copine, ou que c'est elle qui est en train de me quitter, que je ne veux rien lui en dire, une si belle histoire d'amour qui cafouillerait ? *Ça peut arriver, ça les regarde*. Il se tait.

Le passé psy de papa est lourd. Il rumine. Il se raconte que, le bon chemin vers ma guérison, ce serait que je pleure un coup et surtout que je parle, au lieu de me taper une grande fièvre, des courbatures, toute la quincaillerie de la somatisation. Saint verbe des psys. Papa ne comprend rien à rien, moi non plus. J'agonise, il interprète, je suis perdu.

Je pars vomir. Au retour des W.-C., je ne veux toujours pas parler. Il renonce à commenter. Il s'assoit sur le lit, contre moi. Il me caresse la tête. Je respire fort, difficilement, très rapidement. L'air de rien, il cherche à prendre mon pouls. Au poignet, il n'y arrive pas. Au cou, il le fait sans me le dire. Comme une autre caresse, pour ne pas m'inquiéter. Tout de même, il tâtonne, il allège la pression des doigts, il redonne du poids, il cherche, il finit par trouver, il me fait mal, pas très, je grogne. Cent quarante pulsations à la minute environ, une *Marseillaise* trop rapide – cent vingt à la minute, c'est le repère au métronome pour la *Marseillaise*. Papa croit que je fais une tachycardie, comme maman en a parfois. Pas étonnant que je souffle si fort. Des indices enfin : même rapide, mon pouls est resté régulier, je confirme que je n'ai pas du tout mal dans la poitrine, je n'ai pas mal à la tête non plus. En toute logique béotienne, docteur-papa exclut l'accident cardiaque ou méningé. Il ne voit pas de quoi il peut s'agir d'autre qu'une crise d'angoisse ou une grippe.

— Où as-tu mal ?

Je bougonne, je refuse de répondre à ses questions, je rouspète s'il tente quelque chose. Je repousse l'idée d'un appel à SOS médecins. Mais je n'ai pas envie d'être seul. Cette demande-là, je la lui laisse entrevoir. Soulagé, papa reste. Contact.

Les soirs de grippe, d'otite ou de gastro, dès ma naissance, il s'allongeait contre son petit garçon, il ne dormait pas, il me veillait. J'aimais. La journée, c'était maman. J'aimais. Ce soir à nouveau, même si j'ai vingt et un ans et si je ne suis plus du tout bébé, habituelle et tacite répartition des tâches familiales, c'est lui qui veillera. Au réveil, maman prendra le relais ; et papa partira faire les courses en attendant qu'arrive le médecin qu'ils auront enfin appelé. Mais demain, changement, je mourrai. Jamais ils ne cesseront de ressasser ces douze dernières heures, quand il me tenait par la main cette nuit, quand elle téléphonera un peu partout demain, tous les deux entre banals soupçons de grippe camée et angoisses éternelles de parents.

Donc, dernier soir ensemble sans savoir. Papa se cale contre moi, mal assis dans ce putain de lit qui grince. Il me caresse doucement la tête. Il me propose de dormir près de moi, comme il faisait quand j'étais petit. Je dis non. Il n'insiste pas. Il s'en voudra. S'il avait insisté, j'aurais peut-être accepté. Ça n'aurait rien changé, mais il aurait gardé le plaisir amer d'une autre et dernière nuit passée tout contre le corps chaud de son fils. Comme un devoir-bonheur accompli. Papa au contraire se rappellera toujours douloureusement cette minute où, accablé lui-même de fatigue et de mal au crâne, il s'était éloigné à un bon mètre du lit, râlant très fort en silence, *Mais bordel aide-moi donc un peu, mon fils, aide-moi à t'aider* – excédé par mes appels muets et contradictoires. Culpabilité aujourd'hui. Il se grommelait en silence des choses comme *Pourvu que Lion ne me ressemble pas, pourvu qu'il sache choisir la parole de l'angoisse et de la détresse plutôt que les énigmes de la somatisation, etc.* Agacements de père envers lui-même, en fait. Et puis, tête-à-queue, papa ne bougonne plus, il se lève en me regardant. Tendresse. Il s'assoit au bord du lit, il me caresse la main, la jambe. Non, pas d'agacement, il doit me prendre comme je suis, chacun souffre comme il peut, il n'y a pas à interpréter mes symptômes. Papa tente d'être avec moi, rien que cela. Papa progresse. Ce n'est pas facile en famille.

Papa se couche contre moi. Technique. Il respire en mesure avec moi. Très vite d'abord, il part de mes cent quarante pulsations à la minute. Il fait sacrément monter haut son cardiaque de sexagénaire pour me rejoindre. Il s'installe dans mon rythme, et puis, quand il sent que nous sommes ensemble, il calme le jeu doucement. Il a pris mon souffle pour sien. Il propose ensuite en silence d'inverser le mouvement, et que son rythme devienne le mien. Je laisse faire. Contact très fort. Sur scène, papa ne dirige pas autrement les chanteurs. Trouver le rythme commun, le corps d'une langue et d'une musique communes. Ensuite, il guide doucement.

Je freine, je me laisse entraîner. Un grand quart d'heure absolument partagé. Papa parvient à évaluer mon pouls. Je suis redescendu à environ quatre-vingt-dix pulsations/minute. Ça se calme vraiment. Pas de vertige pas de chute de tension ?

— Non, je vais mieux. J'ai moins froid.

Je me découvre même tant j'ai maintenant chaud ; je ne parle plus de vomir. À tout cela papa ne voit que bons signes. Je suis moins angoissé. Sa main caresse ma jambe, je m'endors. Il croit que sa technique a servi à quelque chose. Papa remonte sans bruit vers sa propre chambre.

Une demi-heure plus tard, je dégueule. Il accourt dès qu'il m'entend. La chambre de papa et maman est à l'étage au-dessus de la mienne. Ce n'était pas évident qu'il entende ce petit bruit du vomissement dans une cuvette. Il devait être très branché même endormi. Quand il descend, j'ai déjà rejeté mes trois gouttes, rien de consistant. Papa, d'habitude écœuré devant tout dégueulis, inspecte avec minutie. En fait, il se demande si je n'ai pas absorbé quelque substance dangereuse, des champignons hallucinogènes par exemple puisque j'en avais parlé, l'air de rien, il y a quelques jours, à mon retour d'Amsterdam *alias* Reims. Il m'a déjà posé la question tout à l'heure :

— Tu n'as pas fumé ? Tu n'as rien avalé de dangereux ?

Ses questions m'agacent comme chaque fois qu'il s'agit de came entre nous. Sujet tabou. Les fumeurs détestent qu'on parle de fumette.

— Non, je martèle, non. Crevé, j'ai autre chose à penser !

Je l'ai envoyé sur les roses. Il n'ose pas revenir à la charge. Papa renonce, petites et grandes lâchetés familiales, tellement habituelles.

Je revomis, papa inspecte à nouveau la cuvette. J'ai beau jeu de dire *non et non* : pour une fois, je n'ai vraiment rien fumé. Ce vendredi soir, dès mon retour de Rennes en train, il y a eu l'entraînement au club de ping-pong de Quimper à 18 heures, la route en voiture vers Douarnenez à 21 heures, de longues conversations au téléphone, et puis cet effondrement vers minuit, immense fatigue, mal partout, vomissements, forte fièvre. Rien de plus. Il n'y a pas que la came qui rende malade. Il n'y a pas que la came qu'on ne sache pas dire.

Je me traîne à nouveau jusqu'aux toilettes. Dix mètres à faire, mais je me déplace avec la plus grande difficulté, mon corps est tout mou. Ma démarche est si spectaculairement lente que papa peut croire que j'affiche mes douleurs. Les symptômes de faiblesse sont extrêmes. Mais depuis toujours, pour ne pas parler, j'insistais fort sur les signes. Papa était désemparé, c'était le vrai but du jeu. Il ne voit donc pas que ce soir, on ne joue plus.

Si dans cet effort que je viens de faire pour aller aux W.-C., j'avais eu la bonne idée de tomber à terre, de m'évanouir, papa aurait compris que je ne faisais pas de cinéma et qu'il se produisait une réelle anomalie, au-delà de mes jeux de messages muets. Il m'aurait forcé à accepter d'appeler le médecin de garde, peut-être m'aurait-on conduit à l'hôpital, peut-être aurait-on détecté à temps le microbe tueur. C'est ce qui s'est passé ces jours-ci à Brest. Un étudiant, pareil que moi, même âge, vingt et un ans, même fièvre, mêmes douleurs partout. Jusque-là rien que de banal. Mais, lui, il s'évanouit. Son entourage s'affole et le conduit à l'hôpital. On l'ausculte, on ne trouve rien que sa forte fièvre. Comme il est tard, et qu'il manque s'évanouir à nouveau quand il se rhabille, on le garde en observation, à tout hasard. Le lendemain matin, tôt au réveil, à nouveau une très forte fièvre, tout comme j'aurai demain matin. Et là, à l'aube, il a de la chance. L'interne l'ausculte, tension, pouls, température, mais aussi stéthoscope, « levez votre chemise... » Soudain, le médecin aperçoit sur le torse nu de l'étudiant des petites taches violettes, comme des ecchymoses. Il ne met pas dix secondes à comprendre. Alerte rouge ! On sort de la banalité de la fièvre atypique pour entrer dans un cas d'école gravissime, un de ces cas dont on ne parle que dans les manuels tant ils sont rares : *Purpura fulminans*. Méningite fulminante, méningite fulgurante – on disait aussi méningite foudroyante il y a cinquante ans. Urgence très très grande, danger de mort, extrêmement contagieux, isolation, perfusion d'antibiotiques, salle de réa, etc. L'étudiant sera sauvé.

Moi, ce soir, je ne m'évanouis pas quand je vais vomir. Je suis trop costaud. Ou bien je ne me laisse pas aller. Ou encore, le microbe tueur s'y prend plus insidieusement avec moi. Alors, je reviens de la salle de bains en titubant. Comme je ne veux pas que papa interprète, qu'il se demande en silence si, qu'il me demande si, rien, je ne dis rien, je me recouche.

J'ai beaucoup moins de fièvre, je me déloque un peu, je reste en tee-shirt et en short long, avec mes chaussettes. Repos. Je fais signe à papa de me masser le plexus. Jamais encore je n'ai sollicité cela de lui. Il hésite. Je murmure alors :

— Comme le kiné, masse-moi le plexus.

Il se dit que voici confirmée son intuition : je suis anxieux, j'ai l'estomac noué, ce sont mes coups de téléphone qui m'ont chaviré, ou quelque désagrément aujourd'hui à la fac. Lui, quand il va chez le kiné c'est qu'il a le plexus en vrac, amour, écriture, mise en scène, etc. Donc moi, pareil. Papa patauge d'une mauvaise intuition à l'autre.

Il passe la main sous mon tee-shirt et me masse le plexus, sans regarder. De toute façon, ma chambre est dans la pénombre, la lumière me fait mal aux yeux. Papa s'émerveille d'avoir encore le droit de caresser le ventre de son fils de vingt et un ans. Souvenirs de maternage paternel dont notre rapport est tissé depuis que je suis né, même si cette intimité de ce soir l'inquiète. D'habitude, les massages, c'est maman qui les fait. Il faut que je sois vraiment mal pour lui demander un massage à lui qui masse si médiocrement.

J'ai une sorte de bosse au diaphragme. Sa main me procure un peu de bien-être. Pas assez. Je lui demande de faire comme notre spécialiste, et de passer son autre main sous mes fesses. Papa est étonné. Cette technique d'ostéopathe, il croit que ce n'est qu'un geste diagnostique. Faire lever les genoux au patient allongé sur le dos, glisser la main retournée sous les fesses, toucher le sacrum de la paume de la main, et avec les doigts le long de la colonne vertébrale, percevoir les rythmes énergétiques – à mi-chemin entre sorcellerie et clinique. Tout en se disant que ce geste d'ostéo ne sert à rien, papa s'exécute. Puisque je le lui demande. Pour me dire que je peux lui demander tout ce que je veux. Pour me dire qu'il m'aime.

Comme je suis en travers sur le lit, et qu'il a encore mal à la tête et au dos, il ne me passe pas la main sous les fesses exactement comme il faudrait. Ce n'est confortable ni pour moi ni pour lui. Long silence. Je ne veux décidément pas parler. Papa ne rompt pas le silence, c'est un bon silence. Il tente de bouger discrètement. Inefficace. Il recommence. Il glisse enfin carrément le bras sous moi, comme il faut. Je laisse aller mes fesses sur sa main et je me détends. Je me mets à peser des tonnes. Je m'endors. Papa attend. Longues, longues et douces minutes à me bercer. Bien plus tard, il retirera délicatement sa main, attention à ne pas me réveiller, je repose si bien. Il hésite, et puis non, *plus la peine de rester, ça va mieux*. Je dors paisiblement. Tee-shirt blanc, short long baggy beige, chaussettes noires : je mourrai habillé ainsi. Il remonte prendre un Doliprane et se coucher soulagé.

Oh ! qu'il va regretter demain et toujours de ne pas avoir laissé indéfiniment là sa main, sous mes fesses !

Papa rassemble les derniers mots que nous nous sommes dits avant que je ne meure ce samedi 25 octobre. Quand on m'a posé sur le brancard qui allait me porter vers l'ambulance et l'hôpital, il s'est allongé sur mon lit, il a caressé ma jambe gauche :

— Bataille, mon beau, bataille, ne laisse pas la maladie gagner.

Des conseils inefficaces. Tout à l'heure, quand il était revenu du supermarché, il m'avait dit de me bagarrer. Maintenant, il me dit de ne pas perdre. C'est pareil, rien que des mots. Comme un entraîneur, depuis le coin du ring, avec de bonnes paroles inopérantes pendant que tu en prends plein la gueule. Mais même au bord du K.-O., ma main gauche allait et venait dans ses cheveux. Je consolais l'entraîneur, quand c'est lui qui aurait dû me donner de la force.

— Ne laisse pas la maladie gagner.

Il me parlait avec un sanglot dans la voix. J'ai entendu le sanglot, je lui ai adressé un sourire, comme pour le rassurer. Il regrette, il s'en voudra toujours de m'avoir parlé en tremblant, sans l'énorme énergie qui eût été nécessaire. C'est du pathos qui lui est venu à l'instant crucial. Infect pathos pâteux à la vie comme à la scène. Papa omnipotent aimerait avoir su donner ordre à la maladie de refluer. Comme si ce bacille tueur qui faisait péter méthodiquement un à un mes vaisseaux sanguins pouvait obéir à ses injonctions. Il n'a fait que trembler avec amour, avec tendresse, tout, tout. Mais ses mots, son chant, ses caresses, ce n'étaient pas des injonctions, ce n'étaient que demandes sentimentales déjà désespérées. Il s'en veut.

Papa se reproche d'autres choses. Bordel chez nous. Des pompiers partout, les talkies-walkies qui crachent des appels en tous sens, des infirmiers, blouses blanches et uniformes qui s'affairent dans ma chambre, perfusion, brancard qu'on monte, trousse d'urgence, portables, gyrophare dans la rue, gants caoutchoutés, masques de protection sur les visages. Papa s'est dispersé à débarrasser le chemin pour préparer mon évacuation dans l'ambulance. Pourquoi ne pas avoir plutôt consacré ces minutes-là à me contempler, à me toucher encore et à me parler ? Son application à libérer le passage ne m'a pas sauvé du tout et l'a éloigné de moi.

La mort, c'est une machine à regrets.

Il s'en veut pour plus grave : la doctoresse du Samu est venue à mon lit et me demande de décliner nom, prénom, âge, date de naissance, adresse. Je réponds. Elle se retourne et pose les mêmes questions à papa pendant qu'il s'agite à ranger, son obsession du moment. La doctoresse ne lui repose les questions que pour vérifier mes réponses. Je suis lucide, très conscient, j'ai répondu comme il faut. Je suis tellement conscient que j'entends papa maniaque répondre de travers et inverser les chiffres. Papa s'est trompé, c'est lui qui est confus ! Il dit que je suis né le 21 avril 1982 au lieu de dire, comme j'avais bien dit, moi, que j'ai 21 ans et que je suis né le 19 avril 1982. Elle note. Pour elle, nos réponses concordent, à un chouïa près, c'est un bon signe clinique : je suis lucide. Mais aux yeux de papa, ce chouïa, il est catastrophique. Il s'en veut de son erreur, il rectifie précipitamment :

— Non, je voulais dire 21 ans, pas 21 avril, il est né le 19 avril, pas le 21…

Mais la doctoresse est déjà loin, au téléphone avec le service des urgences qui prépare mon admission à Quimper ; elle fait son rapport, « le malade est lucide », etc. Son problème à elle, ce n'est pas un minuscule lapsus.

Papa est bouleversé à l'idée que j'aie entendu qu'il pouvait se tromper sur cette date de naissance que j'avais sacralisée (avec une sérieuse aide parentale). 19 avril 1982, à 17 h 17 : la minute même de ma naissance a été le moment le plus important de sa vie d'homme. Des pleurs inconnus, joie bien sûr, et surtout une totale émotion à la vue de la vie.

Bientôt, papa vivra le second moment le plus important de sa vie, dans trois heures, ma mort.

J'ai entendu l'erreur. Papa finit douloureusement de repousser l'armoire de la chambre dans un coin avec la honte d'un lapsus, comme une défaillance d'amour, 21 au lieu de 19, comme une blessure de son fait.

Les pompiers m'embarquent sur la civière. Ils sont six à me soulever, debout avec leurs grosses bottes sur ce sommier qui craque, qui grince, mais qui résiste contre toute attente. (Il y a des années qu'on parlait de le virer. Dès le lendemain de ma mort, mes parents vont d'ailleurs jeter ce lit qui fut le leur avant d'être le mien, un lit alors de joies et d'explosions.) Au moment où les pompiers hissent le brancard et s'engagent prudemment dans l'escalier, papa me pince le doigt de pied gauche – c'est tout ce qu'il peut saisir au vol des urgences :

— À tout à l'heure mon fils aimé. Tiens bon.

Je lève doucement la main droite, un geste d'apaisement, un petit sourire. C'est le dernier message sûr qu'il gardera de moi, mon sourire. Pas mal, ça.

Arrivée en bas dans la rue. Il ne monte pas avec moi dans l'ambulance, obéissant à l'interdiction de l'infirmière, pas touche à son domaine. La médecine s'est emparée de moi. Pourquoi lui a-t-il obéi ? Tout juste se permet-il de se pencher depuis l'asphalte de la rue et de me caresser quand même la jambe. Avant-dernier contact : une jambe et une main, on ne parvient pas à mieux : l'infirmière fait écran.

Papa ressassera longtemps ces innombrables minutes qu'il a loupées à attendre au pied de l'ambulance au lieu d'être là, dans le lit, dans la chambre, dans l'ambulance, avec moi, avec lui-même. Comme quand il était au supermarché, comme quand il rangeait la voiture, le couloir, l'escalier, la chambre, *mais qu'avais-tu, Michel, à te soucier des anticipations, des règlements et d'autres choses que lui ?* Le vrai présent c'était d'être là, un point c'est tout.

Course lente à travers la Cornouaille. L'ambulance fait pin-pon. Derrière le fourgon rouge, la voiture aubergine de papa et maman qui trépignent. Vingt kilomètres interminables collés au cul des pompiers.

Il n'a pas noté le numéro minéralogique qu'il suivait aveuglément sur la départementale. Chaque fois qu'il croisera plus tard « mon » ambulance, papa désirera entrer et voir de ses yeux tout ce que mes yeux ont vu en dernier pendant cette demi-heure. Il caressera même la tôle de cette ambulance stationnée dans une rue de Douarnenez, sans gyrophare allumé cette fois. La relique à roulettes aussi le fait pleurer.

Arrivée à l'hôpital, service des urgences ; on me sort de l'ambulance. Papa fait encore une fois le même geste vers moi, à nouveau ma jambe effleurée, sa main qu'il agite, un sourire. Il croit que je lui ai répondu d'un petit signe. Il n'en est pas certain, mais il aime croire en ce souvenir.
Le brancard part à toute vitesse vers la salle de réanimation, je plonge dans les couloirs vert pâle à travers les portes battantes. C'est comme à la télé, rapidité, ordres brefs, courses. Le peloton sprinte, moi en tête, les pieds devant. Soudain, une infirmière ferme un sas, mon brancard continue tout droit vers la salle de réanimation, papa et maman sont aiguillés d'un autre côté, espace des familles. Fin de la route ensemble.

Papa ne me reverra plus que dans une heure, quasi mort, respirant encore, respirant encore, respirant le temps pour lui de comprendre qu'en fait c'est une machine qui me fait respirer, allure de vie, tuyau qui sort de ma bouche, entrée et sortie de l'air, ce n'est plus mon air, ce n'est plus ma vie, c'est l'air d'un appareil.

Tout a pété en mon corps, veines explosées, je suis bleu, comme roué de coups.

— Il ne faut pas, dit Christine au chirurgien, Christine venue immédiatement en amie, Christine ma pédiatre quand j'étais ado, inutile de tenter encore de le ranimer, chocs cardiaques inutiles et douloureux. Son corps et son cerveau ont déjà subi de tels dégâts, il serait beaucoup trop diminué s'il vivait encore.

En fait, je suis déjà mort, une machine fait semblant que je respire. Les médecins ont eu la douceur d'appeler papa et maman à mon chevet avant de me débrancher. Papa et maman pourront croire pleurer un vivant. On les habitue à ma mort. Ma respiration ralentit, comme pour s'apaiser. Dix minutes plus tard, la machine s'interrompt, je suis silencieux, sans souffle, sans plus aucune apparence de vie. Je suis mort officiellement à 16 h 17.

Mon fils ! Mon fils ! Mon fils ! J'étais ton fils, papa. Ces mots que tu chantes « Mon fils ! Mon fils ! Mon fils ! » deviennent prière, imploration. À qui ? C'étaient des mots de vie, ce sont les mots de ta douleur. *Mon fils ! Mon fils ! Mon fils !* Tu penses soudain à Jésus à Gethsémani, toi l'athée. Tu ressasses : « Pourquoi, pourquoi m'as-tu abandonné ? » Ce n'est plus le père qui abandonne le fils, c'est l'inverse. Tu es abandonné. Petit papa perdu. *Mon fils ! Mon fils ! Mon fils !*

Reviendra à papa, ce soir de misère totale, la musique d'une cantate de Bach « *Heute, Heute...* » « Aujourd'hui, aujourd'hui, tu seras auprès de moi... » Dieu parle. Saloperie de ce Dieu qui prend. Papa chante quand même. « *Heute, Heute...* »

Chapitre 3

Nous autres païens, nous avons aussi des devoirs à remplir envers nos morts.

Prosper Mérimée

Juillet 2003, trois mois avant ma mort. En deuil d'un artiste ami, papa est allé avec maman au crématorium. Arrivés à Carhaix, ils se sont garés au parking visiteurs, ils ont descendu à pied les cinquante derniers mètres, et assisté à l'arrivée du fourgon mortuaire de Simon. Ce jour-là, vous n'avez pas imaginé une seconde que vous devriez revenir bientôt, non plus cette fois en tant que visiteurs mais comme vedettes du jour. L'hypothèse ne vous est même pas venue à l'esprit. On n'anticipe jamais ces choses-là.

En revanche et sans le savoir, au cours des obsèques de Simon vous vous êtes comme entraînés tous les deux. C'est un privilège rare.

À vrai dire, l'apprentissage avait déjà commencé deux heures avant, avec ce qu'on appelle le funérarium. À Quimper comme ailleurs, c'est une minable bâtisse moderne en bordure de ville. Le funérarium, ce n'est rien que du neutre banal – ni temple ni maison, ni solennel ni simple, ni sacré ni accueillant – où se mélangent des parpaings avec de la déco d'église de pacotille style papier-vitrail transparent collé sur le verre de la fenêtre. Du lotissement *cheap* capitaliste rebaptisé en latin pompeux. Le nom est impressionnant ; les signes extérieurs sont discrets, faufilés entre garages et grandes surfaces.

Deux croque-morts reçoivent les familles, costumes sombres, peut-être même lunettes noires, mines graves, chagrin comme il faut, très professionnel. Musique classique propre sous elle, Mozart, Pachelbel diffusés à bas niveau. Chuchotements. Cercueil de Simon dans une seconde pièce. Personne n'est obligé de rencontrer la bière, on peut se limiter à la famille. Aucune obligation à voir la mort de trop près, les pompes funèbres ont tout prévu. Papa ne cesse pas d'avoir des sarcasmes assez stériles dans la tête.

Maman et lui ont évidemment poussé la porte de la seconde pièce. Sur le couvercle du cercueil fermé, ils ont posé un bouquet de fleurs accompagné d'une lettre d'adieu à leur frère de scène. *Comme s'il allait la lire !* Papa ne parvient toujours pas à se retenir d'avoir à l'esprit des remarques de plus ou moins bon goût. Un peu angoissé, papa. Heureusement, il garde ses commentaires pour lui. Il revient à l'essentiel. Aux côtés de maman, il reste longtemps devant Simon. On dirait qu'ils prient. Papa et maman sont vraiment émus. Simon a beaucoup compté dans leur vie. Ils touchent le bois du cercueil, dernière caresse à Simon.

Un peu plus tard, papa se retrouve seul avec Jean-Pierre dans la pièce au cercueil. Les deux hommes se tournent soudain l'un vers l'autre, ils s'étreignent en larmes, eux deux enlacés pour la première fois dans leur amour pédé chaste hétéro à l'ombre bienveillante de Simon. Papa et Jean-Pierre ne s'étaient jamais dit encore qu'ils s'aimaient tant. À la sortie, les deux athées-anars impénitents respectent même les usages et signent le livre de condoléances. Ils se racontent que c'est pour Catherine et pour les jumeaux.

Puis convoi de voitures depuis le funérarium jusqu'au crématorium, Quimper-Carhaix, soixante-treize kilomètres, une heure de route. Vitesse comme il convient. Méditations dans les bagnoles : la vie, la mort, Simon, le suicide, l'art qui a brûlé un homme, les enfants. Arrivée à Carhaix. Le crématorium, c'est une autre banale bâtisse en bordure de ville. Croque-morts à mine grave comme à Quimper. Toujours musiques convenues. Une fois le fourgon mortuaire arrivé, la foule des amis entre pour la cérémonie.

Changement de vitesse, la séance d'entraînement des parents se durcit : les obsèques de Simon vont atteindre des sommets de ridicule. Au centre, un maître de cérémonie (MC) avec imprimé posé sur un pupitre – le conducteur des célébrations. Le MC est censé orchestrer le bon déroulement des choses. Paroles de MC dites avec le ton qu'il faut, mots stéréotypés, processus huilé, en principe pas d'erreur possible. Mais aujourd'hui, la cérémonie va dérailler, tout va débloquer, sous l'égide vengeresse d'un mauvais théâtre. Si les dieux ont voulu te punir, Simon, ils ne t'ont pas raté, tes obsèques vont tourner à la bouffonnerie.

Le MC est distrait, ou bien il est nul. Pour commencer, au moment de dire qu'« on est réunis en mémoire de notre cher... », zut, voilà qu'il a oublié de vérifier le prénom à l'avance. « Cher... heu... », c'est qui notre cher du jour ? Le MC se rattrape au vol, mais son hésitation, son coup d'œil sur le conducteur personnalisé s'est lourdement vu. Il se récupère *in extremis* : « ... en mémoire de notre cher Simon ». Ouf.
Papa est accablé. Papa se marre.

La cérémonie continue avec un lever de rideau prévu pour être du plus bel effet. Derrière le rideau, les croque-morts ont déposé le cercueil afin qu'il apparaisse en majesté, incliné face public comme on dit au théâtre, catafalque ultime dans sa grandiose misère. Cliché absolu, mais c'est fait pour avoir de la gueule : un cercueil, ça impressionne. D'un geste discret, le MC envoie les grandes orgues sur la sono. *Toccata en ré* de Jean-Sébastien Bach. *La sol laaaaaa ! Sol fa mi ré do* dièse, *rééééée...* C'est parti, pédale énorme, accord de sixième mineure, dissonance, déchirement, point d'orgue, résolution : superbe lancer de sacré. Frissons. On enchaîne. Second geste discret du MC sous le pupitre, il actionne le lever de rideau dans ce tonnerre d'église. Sauf que.

Sauf qu'ici, le rideau, ce n'est qu'une vulgaire porte de garage en tôle peinte gris deuil, un panneau de ferraille qui bascule vers l'arrière comme dans tous les parkings de pavillon. Pas terrible comme machinerie. Probablement qu'en général personne n'y fait attention tant est forte l'apparition du cercueil. Mais ce jour-là de la crémation de Simon, la mécanique du rideau métallique s'enraye. Bruits incongrus, grincements au milieu des torrents d'orgue, soubresauts, hoquets, et voilà le rideau coincé, à moitié ouvert à moitié fermé. Chaos. On n'entrevoit qu'un demi-cercueil, effet totalement loupé, panne de cérémonie.

D'un geste qui voudrait rester discret, le MC appuie nerveusement plusieurs fois sous son pupitre. En vain. L'hiératique se déglingue, fous rires dans l'assistance – Simon a des amis de goût. Professionnels tout de même, deux croque-morts surgissent de la coulisse et réparent. On remet la mécanique en marche, le rideau monte enfin. Mais il arrive très en retard sur Jean-Sébastien Bach – dans ce bordel, le MC a laissé la *Toccata* se conclure, et la fugue a démarré tranquillement sans qu'on le lui demande. *La sol, la fa, la mi, la ré*, etc. Le MC s'énerve, il interrompt le CD brusquement. Tant pis pour le contre-sujet de la fugue, il reste en l'air. La cérémonie tente de reprendre son fil.

Tout est grotesque, le MC, la musique, le rideau, le spectacle. S'ils ne pleuraient pas, maman et papa riraient à gorge déployée. *Leçon numéro un*, bougonne papa : *se méfier du gang du mauvais théâtre. Leçon numéro deux : les marchands d'aujourd'hui font ce qu'ils croient qu'on leur demande, par exemple ce spectacle stupide*. Papa perplexe. Comment être athée et fréquenter ce que, sans prudence, il appelle le sacré ? *Les laïcs se méfient du sacré. Les curés tentaient d'en approcher quelque chose avec leur latin, l'encens, l'écho des cathédrales, l'ombre des flammes infernales ou la rédemption finale. Maintenant, il n'y a plus que désarroi, effroi, puis dénégation. Avec des clichés à la pelle.* Sans le savoir, grâce à cette cérémonie nulle, papa révise à fond son sujet avant le grand oral de ma mort.

Chaque détail de ces obsèques est comme une horreur burlesque à éviter, depuis la tête compassée du MC et son maniement lourdingue des symboles, jusqu'à la musique, une vraie merde qui contamine tout – même les chansons choisies « parce que le défunt les aimait », le magnifique Tom Waits et les sublimes Beatles, mais qu'on encadre impitoyablement avec l'*Ave Maria* de Gounod et la *Petite Musique de nuit* de Mozart au synthé, sans oublier, en bonus et à la surprise générale, le générique d'une série télé. En guise d'apothéose, des pétales de fleurs en plastique « mis à la disposition de l'assemblée » pour être éparpillés « en pluie » sur le cercueil « en un dernier hommage au défunt ». La totale. Papa balance entre vomir d'écœurement ou pleurer de rire. Le philosophe choisit de ricaner contre le mauvais goût et l'hypocrisie.

N'échappe au ridicule ce jour-là que ce qui n'est pas mise en scène convenue : les mots et les chants des amis proches de Simon.

Dernières étapes du show de pacotille. Le rideau s'est refermé – cette fois sans incident. On a entendu s'affairer les croque-morts derrière : ils transportaient le cercueil vers le four. Musique d'attente, vide, interlude plat, comme quand l'émetteur de la télé était en panne pendant les années soixante. Le nouveau décor sera réservé à cinq ou six intimes – « pas plus, il n'y a pas assez de place ». Le MC les appelle à assister, depuis une sorte de parloir vitré de prison, à l'introduction du cercueil dans la gueule du four. Catherine entre la première, suivie de quatre de ses proches pour une dernière vision du cercueil. En fait, depuis la morgue jusqu'au crématorium, on tangue de dernières visions en dernières visions : le mort avant la mise en bière, puis le mort dans le cercueil, puis le couvercle qu'on ferme sur lui, puis la lourde masse du cercueil au crématorium, et maintenant, à l'entrée du four, le cercueil dans lequel va brûler le corps aimé. Cascade de dernières visions, jusqu'à ce qu'il n'y ait plus rien à voir.

Le four se referme, le MC a mis les gaz à fond. Rugissement, lointain écho des enfers. La famille de Simon sort du parloir, secouée. L'introduction du mort dans la fournaise, c'est un moment affreux. Vient, tout de suite après, le rituel des condoléances. Longue file d'attente, mots murmurés, étreintes, bises, larmes, beaucoup de larmes. Papa se dit que, en définitive, les larmes sont toujours vraies, même quand elles s'apitoient minablement. On ne sait parfois pas très bien pour qui pleure tel ou tel – pour le défunt, pour sa famille, peut-être pour lui-même. *Et alors, après tout ?* Papa bricole toujours sa philo, tranquille, à dix mille pieds d'altitude. Il est presque constructif. *Un mort, une cérémonie, un cercueil qui passe, ça coince un instant le pied dans la porte de l'impensable. La vie reprendra bientôt comme si de rien n'était, mais malgré tout il y aura eu un trouble, un frisson, une hésitation, une ombre qui passait, peut-être même rien que l'ombre d'une ombre. C'est un désordre fécond, humain, vivant.* Papa en approuverait presque la mort.

Il va bientôt y réfléchir à deux fois.

Les embrassades s'éternisent. Papa cogite peinard. *Avant* – « jadis », moi je disais « jadis » quand j'étais petit, et mon emphase involontaire le faisait rire. Lui il dit « avant » (quand il sera gâteux, il dira « dans le temps », et ce ne sera pas mieux que « jadis » comme effet !) – *avant*, maintient papa, *dans ma jeunesse, un glas qu'on entendait, un convoi qui sortait de l'église, et chacun dans la rue s'arrêtait. Les femmes se signaient, les hommes se découvraient. On raconte que les Napolitains se touchaient discrètement trois fois les couilles.* Le détail l'a frappé, papa y repense chaque fois, et puis il aime bien se gratter les couilles. *Humilité, superstitions, la vie se retenait tout de même un moment. Aujourd'hui, à l'hôpital, la mort n'émet presque plus aucun signal. Avec le funérarium, tralala minimum, obsèques en banlieue invisible.* Papa n'aime pas du tout cette banalisation de la mort. S'il s'était marié à l'église, il aurait voulu les grandes orgues. Pour son enterrement, il en regretterait presque d'être athée et de n'y avoir pas droit.

Tu es un peu vieux jeu, papa.

Depuis le jardin qui entoure le crématorium et où la foule des amis se retrouve après les condoléances, impossible de se retenir : papa jette un coup d'œil vers la cheminée qui surplombe le crématorium ; ni fumée grasse ni odeur, ce n'est pas Auschwitz. Il faut presque deux heures pour que soient réduits en cendres Simon et son cercueil. Une averse. Le groupe se réfugie en face, au bistro. Tristes coups à boire, entre silence de rigueur, piaillements des enfants qui en ont marre, souvenirs à mi-voix, blagues incertaines. Papa retrouve des vieux copains. « Ça fait une paye… », etc. Sept ou huit longs quarts d'heure plus tard, arrive le croque-mort avec la tête qu'il faut, une boîte en carton doublée de velours bleu sombre à la main. Elle est toute chaude des cendres de Simon quand il la remet à Catherine, sa compagne. Papa se demande où sera posée l'urne ce soir : *dans l'entrée ? sur la table de chevet ? à côté de la télé ?*

Pas facile de gérer la mort, entre profane et sacré. Dans trois mois, où la mettras-tu, mon urne pleine de cendres en guise de moi ? Tu verras, ce n'est pas simple.

Après le crématorium de Carhaix, rendez-vous à Quimper avec famille et amis. Moi, je ne rejoins les parents que là-bas, à la fête comme on dit – l'idée d'aller à la cérémonie me gonflait. Simon avait commencé à travailler avec papa quand j'avais sept ans. Un jour, il m'avait donné son album de timbres. J'ai continué quelque temps sa collection, j'aimais accumuler, les pins, les GI Joe, les Crados et donc ces vignettes aussi. Mais je n'aimais pas ranger. J'ai fini par échanger l'album de timbres contre un maillot de l'équipe de Monaco, et je suis passé au foot. Mais ce soir, je suis venu, j'aimais bien Simon. Une fête pour un enterrement, c'est étrange, je ne m'y attendais pas, rires et pleurs mêlés, bouffe, musique, tabac et alcool, souvenirs affectueux et désespoirs désabusés. Mais elle ressemble beaucoup à Simon. De grands désarrois ici, et plus loin une danse échevelée. Papa, heureux de me trouver là, me dit que cette pagaille sympa, c'est comme de la vie qui tenterait de recommencer après la mort, avec ses ratés. Je n'y comprends rien. Je m'en moque.

Il y a beaucoup d'alcool.

Trois jours après l'incinération de Simon à Carhaix, dernière étape collective avant que ne vienne le temps interminable du vrai deuil, la solitude de Catherine et des jumeaux à la maison. Maigre rassemblement au cimetière de Penhars, carré du columbarium. Je suis aussi là ce matin, je ne sais pas bien pourquoi. Il fait très chaud. Deux croque-morts en jean et marcel posent l'urne et cimentent une mini-tombe format cendres. On se recueille quelques minutes. Tout va très vite. Fin des cérémonies.

Fin de l'entraînement de papa et maman. À mon tour dans trois mois.

Chapitre 4

On n'a jamais eu un enfant, on l'a toujours.

Marina Tsvetaïeva

Samedi 25 octobre 2003. La mécanique des funérailles se met en marche immédiatement après mon dernier souffle. Papa et maman ne sont pas encore descendus du service réanimation de l'hôpital à la morgue qu'il leur faut entrer dans un rythme qui leur échappe totalement. Ils se croient encore avec moi, mais on leur demande déjà de s'occuper de ma disparition. Ils ne veulent pas ? La question n'est pas là : le bulldozer des obsèques avance. Papiers, état civil, assurances, pompes funèbres, budget, plannings, mise en scène, décors, costumes, musique, bois du cercueil, circulation du cadavre entre funérarium, crématorium et cimetière, accueil des familles, amis, presse... En quelques heures, tout doit être organisé. Vos repères les plus intimes viennent de sauter mais il faut dire que oui, dire que non. Ils calent à tout bout de champ, mais le monstre mécanique poursuit son chemin, et ils reculent, de défaite en défaite. Vers quoi ? Ils ne veulent pas, mais c'est vers ma tombe qu'ils se dirigent.

Dès la porte de la morgue franchie surgit le thanatopracteur, qui propose de préparer mon corps pour 275 €. Qu'est-ce que c'est que ça ? Le concierge de la morgue tente d'expliquer. Les parents ne comprennent rien. Il insiste, il leur donne un prospectus « ... permettre une vision du défunt proche du sommeil... loin de la figure épouvantable de la mort... dédramatiser... pour garder une image digne et apaisée du défunt... » Que des mots de pub. Papa délire. *Qu'est-ce qu'il prépare, ce figaro ? Un maquillage soigné, un sourire éternel et apaisé ? Non, mais, on ne va pas laisser transformer en cadavre d'opérette le corps explosé violet et bleu de notre fils ?* Deux bêtes affolées paniquent dans le désert inconnu de la morgue. Et puis : *il correspond à quoi ce devis, 275 € TTC ? Évidemment TTC, toutes taxes comprises ! Ce n'est pas le moment de pinailler avec la récupération de la valeur ajoutée sur un cadavre !* Papa fait demi-tour. *Thanatopracteur ?* Il n'a jamais entendu ce nom-là, à mi-chemin entre nocher du Styx et bellâtre de plage. Il revire vers la colère : *275 €, ce n'est pas une arnaque ? Combien coûte le maquillage d'un mort ?* Chaos. Papa pleure. Maman aussi. Ça gamberge n'importe comment dans leurs têtes brisées. Le concierge de la morgue attend. Il a l'habitude. Tous les jours, il voit arriver des murs en train de s'effondrer. Il tente d'aider, il modère, c'est l'essentiel de son travail, patient, accueillant même – la morgue ne s'appelle plus morgue mais mortuarium, chambre mortuaire, c'est moins hostile. « Bien entendu, le choix final vous appartient. Mais il faut être réaliste : on est samedi soir. 275 €, c'est le tarif du week-end. Demain, c'est dimanche. Il faudrait attendre lundi pour appeler la concurrence afin de comparer devis et prestations. Je vous prie de m'excuser, mais vu la maladie très particulière dont votre fils est mort, son corps risque de se dégrader rapidement. Pardon. (Un silence.) Il vaudrait mieux ne pas attendre. (À nouveau silence, le temps que les informations fassent leur chemin.) Ce thanatopracteur, il est sérieux, croyez-moi. » Stop la parano, tête-à-queue réaliste, *au point où on en est*, maman et papa signent le bon de commande. Le deuil est une école de réalisme. *Le réalisme peut être mortel*. Papa ne sait plus où diriger sa tête.

Le plus dur, c'est qu'aussitôt dit aussitôt fait, le professionnel s'empare du cadavre et s'en va avec. « Pas tout de suite ! » crie papa. Inutile, c'est parti, le thanatopracteur disparaît déjà avec moi à un coin de couloir. Ne reste plus que l'écho des roulettes du brancard sur le carrelage nickel de la morgue.

Quand mon corps revient chambre mortuaire numéro sept, il est apprêté comme un mort mort, jambes allongées sous un drap blanc plié à la taille, la tête calée sur un oreiller. Rien à voir avec l'opéré en bataille qu'ils ont vu mourir il y a moins de deux heures dans la salle de réanimation. On m'a revêtu des habits propres qu'ils ont rapportés de Douarnenez. On a respecté mon visage ravagé de taches violettes par la méningite fulgurante. Le prospectus disait que le thanatopracteur allait retarder la décomposition du corps, « évitant ainsi les problèmes d'hygiène tels que les écoulements, les odeurs ». Papa n'ose pas regarder de trop près. Le thanatopracteur a-t-il posé de la colle entre les mâchoires ? Et pour mes orifices ? Papa ne demande pas. Il a peur pour lui plus tard, à cause des dents surtout – il déteste cette sensation de dents collées. Comme *si les morts avaient encore des sensations !* Le corps qui est là, déjà froid et raide, au bout du compte, c'est quand même leur fils, vivant beau et mort violacé, les deux à la fois. Je suis plus énigmatique que jamais. Compromis géré, le thanatopracteur a rendu un cadavre acceptable.

Maman n'accepte pas. Et toi papa, tu acceptes ? *Non. Oui. Non. Oui.* Papa tangue.

Lundi, des tas d'autres décisions à prendre. Habits du mort ? Déjà vu – ils ont opté pour des vêtements quotidiens. Question suivante : date des obsèques ? Ils ne trouvent qu'une réponse idiote :

— Le plus tard possible !

Ce sera après-demain décide le planning des PF. Et maintenant, autre question importante : enterrement ou incinération ? Ils se regardent. Un silence. Il sera très long ce silence-là. D'abord, maman et papa ne préfèrent rien, ils ne veulent pas que je sois mort, c'est tout. Mais là n'est pas la question. Enterrement ou incinération, on ne gère pas de la même façon. Quel est leur choix ? Le directeur des PF repose la question, c'est son travail, ce n'est pas facile. Maman et papa toujours à se regarder si tant est qu'ils voient quelque chose. Silence tendu. Le directeur comprend évidemment, mais. Le directeur attend. Long silence des deux. Maman bafouille enfin, presque inaudible :

— Incinération ?

Papa ne veut pas, il ne peut pas. D'abord, toute idée de très haute température lui est insupportable. Et puis le catho mal décrotté en lui n'a jamais pensé incinération, jamais. Maman s'en fout des trompettes de l'Apocalypse, du jugement dernier, de la nouvelle Jérusalem, des corps glorieux ressuscités et tout le tralala. Papa lui aussi s'en fout, mais mots et images sont imprimés dans sa petite tête baptisée et catéchisée, bien plus profondément que ses convictions philosophiques. Ses neurones sont programmés enterrement.

— Incinération, redit maman, sans point d'interrogation cette fois.

Papa catatonique. Sans le savoir, il avait donc toujours pensé enterrement pour lui et *donc aussi*, avec l'ancestrale évidence patriarcale, enterrement pour tous ses proches. Pas facile de corriger le programme. Les PF patientent. Elles ont vu cent fois le match, avec toutes ses variantes au gré des origines sociales et religieuses. La tendance aujourd'hui, c'est plutôt l'incinération, mais va-t'en parler de mode à la morgue. Le directeur des PF s'éloigne, discret.

Pour qu'incinération pénètre dans son cerveau jusqu'aux terminaisons nerveuses, papa doit s'imaginer lui-même incinéré. Si on procède maintenant à la crémation de mon corps, quand il mourra il faudra brûler son propre cadavre – il ne va tout de même pas se faire enterrer à part de son fils. En plus, évidemment, maman va vouloir être incinérée et se retrouver près de moi. Il resterait seul dans sa tombe à part. Papa est pris à contre-pied. Lui dans un crématorium ? Apparaît un grand bûcher funéraire. D'où il peut bien venir, ce fantasme ? La réponse arrive avec la question : in *Le Tour du monde en 80 jours*, Jules Verne. La gravure avait troublé le petit garçon qu'il était. À son souvenir, on y brûlait une veuve hindoue encore vivante aux côtés de son défunt mari. L'image l'avait beaucoup impressionné – à preuve, elle s'active toute seule aujourd'hui. Les PF attendent, il faut se décider. Papa tourne en rond. Après la Bible, il barbote dans les romans pour l'enfance et la jeunesse, *c'est bien le moment !* Maman ajoute à ce moment-là des tours et des détours intimes de papa :

— Incinération : comme ça, quand on déménagera, on pourra emmener Lion avec nous.

Maman ne dit pas « emporter les cendres avec nous » ; elle dit « emmener Lion ».

L'idée de partir sort papa de sa paralysie. À cette heure de désastres, le papa se fout au fond de tout sauf de quitter maman. Maman vient de dire qu'elle pense partir. Il accepte soudain, non pas vraiment de partir, mais de faire ce qu'elle veut. Il ira n'importe où, pourvu que ce soit avec elle. Et donc avec mes cendres. Et donc :

— OK, OK, incinération.

Papa fait un grand pas dans l'humanisme incroyant lucide et aimant.

Une fois les barrages calori-métaphysiques de papa levés, le torrent des questions reprend :

— Quel cimetière, Quimper ou Douarnenez ?

Sans trop oser le dire, maman souhaite garder les cendres à la maison. Elle commence une périphrase. Là, papa est tranchant, rageur, surtout qu'il est encore dans l'élan de son angoisse calorifuge. Il la coupe durement :

— Les morts avec les morts !

Il veut que mes cendres aillent au cimetière.

— Les morts avec les morts, je ne veux pas croiser les cendres de Lion cent fois par jour dans la maison.

Peut-être que c'est maintenant au tour de papa de décider. Maman cède. De toute façon, pour l'un et pour l'autre, à cette heure-là, je ne suis pas encore vraiment mort. Ils finissent donc par dire :
— À Douarnenez.
— Il y a quatre cimetières là-bas ! Lequel ? Douarnenez Tréboul, Douarnenez Ploaré, ou Douarnenez Sainte-Croix ? ou Douarnenez Pouldavid ?

Ils n'ont évidemment rien prévu. Ils ne connaissent même pas les lieux, sauf le cimetière marin, magnifique. Les pompes funèbres prennent le téléphone et vérifient. Le cimetière de Tréboul est complet. En fait, leur dit-on, il n'y a pas le choix, la cérémonie ne pourra avoir lieu qu'à Sainte-Croix : c'est là que se trouve le seul columbarium de Douarnenez.
— Puisqu'il n'y a pas le choix…

Maintenant, il faut en venir au cercueil : la couleur (brun, noir ou blanc ?), la forme, le bois (essence précieuse ou pin ?), la garniture (capiton intérieur en satin ou en synthétique ?), les poignées (argentées ?). À eux de choisir. Et les annonces dans la presse (locale ? nationale ?). Et les faire-part ? Et les repas, et l'hébergement des amis, et les coups de téléphone, les mails ? Qui s'en occupe ? Veulent-ils une aide ? Ils bafouillent toujours. Ils ne parviennent à penser à rien. Ils ne veulent rien. Ils disent n'importe quoi, que j'avais vingt et un ans, que… La question n'est pas du tout là pour des obsèques. Alors, ils disent qu'ils ne savent pas, que stop, qu'ils n'en peuvent plus. Désarroi. Le directeur comprend bien. Comme on doit quand même tout organiser dès aujourd'hui, il leur propose une pause et le secours du catalogue illustré des pompes funèbres avec les prix ; qu'ils feuillettent la brochure et qu'ils reviennent tout à l'heure dire leurs choix. Maman et papa sortent du magasin des PF, au bord de l'asphyxie. Ils s'assoient sur un banc. À côté d'eux, la statue de Laennec, et un manège. L'hôpital où je suis mort s'appelle aussi Laennec. La science médicale ne m'a pas sauvé, ils jettent un œil haineux au bronze. Le manège ? Il évoque trop de souvenirs d'enfance. Ils pleurent.

Plus tard. Ils sont penchés sur le catalogue des PF. Des monuments de marbre, des fleurs artificielles, des sentences larmoyantes gravées dans le granit. « Que ton sommeil soit doux comme ton cœur fut beau », « Le temps passe, le souvenir est éternel », « Merci de ton amour »… Flash : juillet dernier à Carhaix ! Ils visualisent soudain la catastrophe qui menace. *Pas question d'une cérémonie aussi débile !* Ouf, ils ont trouvé un repère. Que ne se reproduise surtout pas le cirque des obsèques de Simon. Ils se raccrochent à ces branches-là. Une énorme bouffée d'énergie les envahit. *Merci l'ami Simon.* Ils se ressaisissent, ils vont prendre les choses en main : non au catalogue, non aux obsèques formatées, non au vide convenu, non à tout.

En réalité, ils tentent de dire non à la mort.

Revenus au magasin, ils disent avec une brutalité inutile qu'ils auraient honte comme d'un péché mortel de laisser se dérouler une médiocre cérémonie comme celle à laquelle ils ont assisté en juillet dernier. Leur douleur serait pire. Les PF font comme si elles n'étaient pas agressées – les familles des défunts sont souvent excessives. Les parents disent qu'ils ont décidé que le rituel de mes obsèques se déroulerait aux frontières du spectacle et du sacré. Rien en eux n'accepte ma mort, mais *puisqu'il faut*, ils décident que mon enterrement sera vraiment magnifique. Il ne sera pas une seule seconde soumis aux clichés funéraires.

— Pas une seconde, vous entendez, pas une !

Maman et papa veulent prendre en main les clefs du cérémonial, toutes les clefs, de la morgue à la tombe. Premièrement, pas question de faire appel à l'Église. Deuxièmement, pas question non plus du modèle laïc standard. Ils ont vu à Carhaix ce que ça donnait. Ils contestent donc tout – le MC, les CD, le cérémonial, jusqu'aux poignées du cercueil dont maman ne veut pas même entrevoir l'argenté minable (Rachel les revêtira de tissu blanc). Les PF se taisent poliment malgré les complications en vue. Voilà les parents lancés dans une bataille énorme contre... Contre quoi au fait ? *Contre l'abandon*, se dit papa. *Que la mort de Lion soit encore un moment de vie, pas un moment de rien*. C'est avec cette image qu'il se shoote. « Vive la vie », son vieux refrain revient à l'avant-scène, « la vie quand même ». Il y croit encore. Pour la bagarre, croire quelque chose, c'est fondamental.

Maman et papa refusent qu'on débute par le ridicule cérémonial de la levée de rideau de garage. Ils disent :

— La foule entrera dans le crématorium, le cercueil sera posé à la vue de tous.

Au théâtre, on appelle cela la mise.

— Mais notre personnel devra agencer les fleurs...

— Et alors ? Qu'importe si les croque-morts sont là à placer les fleurs autour du cercueil. C'est une chose humaine, normale après tout, que poser des fleurs, non ?

Ils sentent une réticence. Alors, ils martèlent :

— De la vie, pas de l'amidon, pas un gramme d'amidon !

Ils exigent qu'ensuite les croque-morts et le MC s'éclipsent et restent invisibles tout au long de la cérémonie ; il suffira qu'on puisse les trouver en cas de besoin. Les PF hésitent. Maman et papa insistent. Ils disent que les cérémonies, c'est leur métier. Avec leurs amis de musique et de théâtre, ils sauront très bien piloter le rituel sans l'aide du personnel du crématorium. On leur objecte :

— Mais l'enchaînement des discours ?
— On s'en occupera.
— Et les disques ?

— Pas de disque, rien que du *live*, surtout aujourd'hui. QUE DU VIVANT !

Ils sont debout. On attribue leur emportement à la douleur. On s'incline.

— Mais tout de même, l'ordre des actions ?
— Que de l'improvisation ! Pas d'ordre, pas de conducteur ! Ça durera ce que ça durera. Prévoyez l'après-midi entier.

Perplexité, voire inquiétude sérieuse des PF. Les parents les rassurent, amers :

— Oui, oui, on voit, on voit ! Tout se finira forcément par une incinération, ne vous inquiétez pas, nous savons qu'on est là pour ça. N'ayez pas peur, on ira jusqu'au bout. Alors, on fera appel à vous, mais avant, laissez-nous avancer à notre façon.

Ils parlent avec raideur tant ils sont rageurs. En fait, les PF sont tolérantes, bien plus qu'on ne croit – il leur faut savoir l'être dans ces situations délicates. Les PF vont tout organiser comme ils le souhaitent.

Après ce rendez-vous épuisant, sur le chemin du retour de Quimper à Douarnenez, maman et papa font un détour vers mon futur cimetière. Comme on ferait un repérage. C'est là qu'ils craquent.

Le cimetière Sainte-Croix est si neuf que ce n'est pas encore un cimetière, ce n'est qu'un terrain vague en attente de cadavres et de tombes. Il y a bien un plan, des tracés, des projets de carrés, des semis de fleurs, un bâti pour columbarium, quelques jeunes pousses, mais rien que du potentiel. Dans dix ans, dans cent ans, il y aura sans doute là une vraie terre d'accueil pour les morts. Pour le moment, Sainte-Croix quartier de Kerlouarnec, c'est un désert. Les morts ont besoin d'oasis. Les vivants aussi. Maman et papa s'assoient par terre et hurlent. Sûr, si les cendres de Lion sont déposées là, ils vont se tirer une balle.

Maman dit :
— Pas question d'inaugurer ce cimetière. Pas question de laisser Lion dans cet abandon. Pas possible de venir ici.
Elle parle comme s'ils allaient tous les deux habiter là avec moi. Blocage. Tout à l'heure, aux PF, ils se révoltaient, ils se cramponnaient à quelque chose, à l'idée d'au moins une belle cérémonie. À présent, ils ne pensent plus qu'à mourir. Jusqu'à cet instant, ils avaient fait face comme on dit ; ma mort, mon

cadavre, la morgue, le thanatopracteur, les démarches, ils ont fait face vaille que vaille. Mais là, non, ils ne peuvent plus. Pas possible de boire le sable sec de la vraie mort. Le fond, ils le touchent ici, devant mon futur cimetière qui sera aussi le leur. Ils restent assis par terre à pleurer.

La pluie et le froid les chassent, bien plus tard.

Le lendemain mardi, Jean-Yves, Bernard et Monique sont géniaux. Ils trouvent une solution à leur désespoir. Il y a une possibilité : me mettre dans une vraie tombe au vieux cimetière de Ploaré, celui qui est face à la mer, tout près de chez eux. Ce ne sera pas tout à fait réglementaire, mais après tout, qu'importe à l'administration municipale le mort qu'on dépose dans une concession abandonnée : futurs ossements ou déjà cendres, pas grave, pourvu qu'on mette là des restes. L'hypothèse de la vie après ma mort redevient un peu plus fréquentable pour maman et papa. La préparation des cérémonies reprend.

Mercredi. Quatre jours après ma mort. Mon convoi funèbre quitte la morgue de l'hôpital pour le crématorium. À l'avant du fourgon Mercedes, le chauffeur, casquette. À l'arrière, maman et papa qui se tiennent par la main. Pas un mot pendant les soixante-treize kilomètres. Rien à dire sur cette route stupide. Mon cercueil est dans un compartiment latéral du véhicule, déjà loin d'eux. Dans trois ou quatre heures, une fois cramé, ce sera pire, je serai à des années-lumière.

Les paysages sont gris. Les souvenirs aussi. Maman et papa voient défiler des albums photo de l'ancien temps. Kilomètre 30, Châteaulin : le Run, super boîte. À peine arrivés en Bretagne, ils m'y avaient emmené. Musique extra, première gorgée de bière. J'avais aimé le rock, pas l'alcool. Peu après, l'Aulne, le canal de Nantes à Brest ; photo vélo avec l'ado de quatorze ans que j'étais. Les quinquas sexas s'aéraient les artères, et je m'emmerdais à pédaler. Parents pédagos. Kilomètre 43, Pleyben : rien, pas de souvenir, pas de photo, le fourgon passe à travers leur désert. Kilomètre 50, Châteauneuf-du-Faou : album du premier fest-noz, un fest-deiz plutôt, une fête d'après-midi. Mélange des genres, familles toutes générations confondues, danse grave et pas guindée ; la bière dans le barnum juste à côté – alcool très grave. Gaieté entre soi, mais papa ne demandant qu'à devenir breton, *an dro, plinn, kan ha diskan*, gavottes, sonneurs, tout le branchait. « Ces fous dingues et cette danse, ça a de la gueule ! » Je me moquais ; maman était circonspecte ; je n'y retournerai pas ; elle si, elle se laissera parfois porter par la ronde trad. Parfois pas. Kilomètre 62, Cléden-Poher, rien sauf un souvenir de canotage, à Pont-Triffen, mais sans moi. Rien tous les trois ensemble à Pont-Triffen, rien donc pensent les parents aujourd'hui. Et comme après « rien » vient « jamais » tout naturellement, ils ont le pathos aux lèvres. Kilomètre 71, entrée de Carhaix-Plouguer, encore des photos-souvenirs, la route du rock vers Saint-Brieuc, le printemps tous les trois en musique. Sauf cette année, merde c'est dommage, à cause des exams à la fac.

Vient le kilomètre final. Le fourgon funéraire passe devant l'église de Carhaix, il tourne route de Brest, cent mètres, un chemin bitumé en pente à droite, cinquante mètres encore, on se crispe, fermez les albums photo, stop, terminus crématorium, tout le monde descend. Il est pile quinze heures, les cérémonies sont exactes aux rendez-vous. Warning, le chauffeur a enclenché les feux de détresse. Les portes s'ouvrent grand. Les croque-morts ôtent leur casquette. Pompe jusqu'à la lie : mes obsèques commencent. *Tatata taaa ! Tatata taaa !* Qu'est-ce que Beethoven fout dans la tête de papa à cette heure-ci ?

Très grosse affluence – caresse vaniteuse à leurs nombrils restés tapis même sous mille tonnes de douleur. Le véhicule s'est immobilisé au centre de la foule. En juillet dernier, ils avaient assisté à l'arrivée du corbillard de Simon. Aujourd'hui, c'est eux qui entrent en scène. Ils descendent, ahuris. Le fourgon repart aussitôt. Ils vont pour le suivre – où aller sinon avec le cercueil ? Non, un MC surgit et chuchote qu'ils ne s'inquiètent pas, il faut entrer dans le bâtiment, ils retrouveront le cercueil là-bas. Maman court vers les bras d'une amie, et une autre, et une autre. Larmes, étreintes, mots balbutiés. Papa décide brusquement de n'aller vers personne, sinon il embrasserait chacun, il ne saurait plus s'arrêter. Il fait un tour lentement sur lui-même pour les saluer tous. « Merci d'être là. » En fait, il ne voit rien, à mi-chemin entre K.-O. de boxeur aveugle sur le ring et ivresse de torero en sang au centre de l'arène.

Une urgence soudain, uriner avant la cérémonie. Direction les toilettes. Devant la porte, papa tombe sur Lion, *le grand Lion*, celui qu'ils appelaient ainsi, mon parrain. Bouffée énorme de bonheur à retrouver ce frère entre les frères. Aujourd'hui, tous les affects sont multipliés par cent, papa rit de plaisir, il tape dans le dos du grand Lion. Le voilà comme joyeux, à rebours de tout. « Tu viens pisser avec moi ? » Le grand Lion embarrassé de tant de gaieté. Il était bouleversé de trouver son copain dans le malheur, et c'est une banane hilare qui l'accueille. Ils ne sont pas, mais pas du tout dans le même rythme. Le grand Lion ne va pas avec lui. Urinoir triste, mains lavées, bouffée de larmes, visage aspergé d'eau. Trois minutes plus tard, papa retrouve maman assise par terre, pleurs infinis aux côtés du cercueil. Ils sanglotent, tous deux en vrac à terre.

Une fois le cercueil entouré des fleurs blanches que maman avait souhaitées – elle a spécifié à tous les amis, dans le journal, partout, *rien que des fleurs blanches*, elle a beaucoup insisté comme si c'était vital, le blanc –, les uniformes du deuil s'éclipsent. Ne reste plus dans l'assemblée que la foule des amis, incroyablement proches. Commence la cérémonie.

Au début, papa et maman sont restés à tenir mon cercueil plus qu'à le toucher, tous deux assis à terre, côte à côte, le plus près possible l'un de l'autre, cramponnés. La cérémonie, c'est fait pour aider à s'éloigner. Ils ne veulent pas. Papa a dit à Jean-Yves :
— Je n'imagine pas dans quel état nous serons à ce moment-là, Martine et moi, je ne sais si nous parviendrons à dire quelques mots. On verra. J'aimerais bien qu'on soit capables de parler aux amis. Si nous n'arrivons à rien qu'à pleurer, tu feras pour le mieux.

Jean-Yves a pris la place du maître de cérémonie derrière le pupitre. Jean-Yves, ce n'est pas un MC de pacotille, ni magistral ni cérémonieux, ni guindé ni ciné. Il accueille sobrement les frères et les sœurs

– papa et maman pratiquent la famille élargie. Il dit l'amitié, il dit l'émotion. Les doigts des parents sont crispés sur le bois du cercueil, secoués de sanglots infinis.

Papa navigue entre présent et futur. Moi là maintenant dans le cercueil ; mon cercueil et moi plus là dans trois heures, brûlés. Ce sera pareil, ce ne sera pas du tout pareil. Papa ne veut pas être tout à l'heure. Papa ne veut pas être maintenant. Papa croit qu'il ne veut plus jamais rien. Il revient près de maman. *C'est notre chair qui est dans le cercueil, ce n'est pas seulement notre cœur.* Il tangue, primaires lois du sang agressives. Il pleure sans retenue aucune. Il se croit le plus malheureux des humains. Il n'a qu'une envie aux lèvres, *venez avec nous, venez ! Allons nous allonger sur le cercueil*. Que tout s'interrompe, stop, me garder, ne pas faire un pas de plus. Papa veut en rester là. Non papa, c'est obligé, on est là pour avancer.

Un peu plus tard. Maman et papa sont maintenant debout. Papa bafouille à toute vitesse :
— Merci c'est affreux merci.
Il se laisse submerger par l'émotion. Il s'arrête. Rien à dire. Que des larmes. À l'instant même surgit pourtant l'évidence : il faut raconter. Pas le vide, mais le plein. Ils vont tout dire, les derniers jours de ma vie, de quoi je suis mort, comment je suis mort, chacun veut savoir, c'est cela qu'il faut dire. En maman même évidence, sans qu'ils se concertent. Et puis quelque chose de plus : ils doivent tous deux retracer pas à pas les joies partagées la semaine passée. Le miracle des lundi, mardi, mercredi, jeudi : des jours incroyablement doux entre nous trois. Et puis le

désastre du vendredi-samedi. Ils ont comme l'illusion que s'ils racontent, la mort ne gagnera pas tout.

Maintenant, voix fermes, même avec larmes. Commence une grande impro, la plus juste de leur vie d'artiste. Une chose à la fois belle et bonne leur arrive étrangement ici, au crématorium. Tant mieux.

Leur récit débute au commencement de cette semaine dernière tout entière passée à s'aimer tous les trois disent-ils comme peut-être jamais aussi lucidement. Le lundi 20, c'est papa qui m'a appelé au téléphone :
— Nous venions d'assister à un match diffusé par la télé, chacun de son côté, lui à Rennes, moi à Douarnenez. On aimait le foot ; quand Lion était petit, on regardait les matchs ensemble. On est même allés au Parc des princes, et au Stade Q à Quimper. À peine la rencontre de lundi dernier finie à la télé, nous avons pris nos appareils et nous nous sommes mis à commenter dans tous les sens, Arsenal, Manchester, le jeu, l'arbitre, les entraîneurs. Quel style, ces Anglais ! J'étais couché sur mon lit, l'oreillette vissée dans le pavillon. Lion devait être sur le canapé de sa piaule d'étudiant, rue Duhamel. Nous bavardions au téléphone et nous étions tout bêtement, tout simplement heureux. Vous ne pouvez pas deviner combien c'est précieux de pouvoir vous dire ces choses maintenant.

Il se retourne vers maman, et il parle comme s'il n'y avait plus qu'elle :
— Les instants de bonheur qu'on a vécus avec lui… Lion a été, c'est éternel qu'il ait été.

Ils essaient de se convaincre de l'éternité du bonheur. Ils pleurent. Le temps ne compte plus pour personne.

— Nous avions connu toutes sortes de joies toutes bêtes comme celle-là depuis qu'il est né. Comme par miracle, tout au long de la dernière semaine, se sont concentrés plein de ces minuscules plaisirs. Je vous assure, je ne reconstruis pas. Ils ne sont pas ridicules ces bonheurs quotidiens, ils sont immenses ces moments de rien à peine racontables. J'étais un papa heureux. Maintenant, bien sûr, ça fait frémir : Lion allait mourir dans cinq jours et je ne voyais rien venir.

Il ne peut s'empêcher d'ajouter :
— Ni lui j'espère. Pourvu qu'il n'ait rien vu venir.
Un temps lourd. Les parents pensent à moi bientôt mort il y a une semaine. Les amis pensent tous à eux-mêmes, et à leur heure quand elle approchera.

Ce lundi-là, maman était déjà arrivée à Rennes pour travailler avec les comédiens de l'école du Théâtre national de Bretagne. Maman raconte maintenant :
— De la fenêtre de ma chambre, à l'hôtel où j'étais logée, je pouvais apercevoir le toit de l'immeuble où se trouvait son studio d'étudiant. Comme si nous habitions à deux pas l'un de l'autre. Cette proximité m'émouvait. On a dîné ensemble dans un restaurant oriental. Pendant le repas, Lion m'a dit qu'il s'était inscrit pour suivre des cours de musique, et qu'il allait travailler sérieusement le didgeridoo. J'étais heureuse, j'avais tant souhaité qu'il pratique la musique. Quand on s'est quittés, sur l'avenue, il m'a serrée très fort dans ses bras.

Des larmes ruissellent sur le visage de maman pendant qu'elle raconte ce rendez-vous. Ça coule sans interruption, mais ça ne l'empêche pas de parler. Papa contemple les inimaginables liens d'une mère avec son fils.

Maman s'est avancée tout contre le premier rang des amis. Il la suit, il ne lâche pas sa main. Elle continue :
— Il faisait froid, il y avait du brouillard, et pourtant on ne parvenait pas à se quitter. On s'est enfin donné rendez-vous le surlendemain quand Michel serait arrivé à Rennes. Puis Lion est parti en courant, le match de foot commençait à la télé.
Elle se tait. Les parents se tiennent toujours par la main. Mon cercueil revient longuement au premier plan. Rien ne presse.

Un peu plus tard. Ils sont assis de part et d'autre de Nicole. Les bras de leur amie caressent leurs épaules. Trio. Jean-Claude joue du Schubert. Il est venu tout exprès de Saint-Piat avec France et Cécile. Lui qui fréquente les plus beaux Steinway du monde, il a chargé sans manière un piano électrique dans sa voiture pour leur donner sa musique. Moment musical en *la* bémol majeur, plus bourré de secrets et de tendresse que jamais, entendu tragique aujourd'hui, évidemment. Silence. Pleurs.

Plus tard encore. Maman :
— Mercredi, nous avions rendez-vous Michel et moi à l'opéra de Rennes, pour *Athalie* de Haendel, un spectacle auquel Daniel B. nous avait invités. Je ne sais pas comment j'ai osé proposer à Lion de se

joindre à nous. Il y a peu, je n'aurais pas eu ce courage, de peur de me faire envoyer sur les roses. Loin de se moquer comme d'habitude de nos goûts lyriques et ringards, Lion a accepté. Belle surprise.

Et puis, comme un aveu :

— Je suis sûre qu'il aurait eu une belle voix. Lion ne chantait jamais, mais je suis sûre.

La maman colorature rêve.

— Il était doué. Nous étions musique classique, il était plutôt pop, rock. On n'a pas été de bons parents. Il aurait pu faire plein de choses musicales, on ne l'a pas forcé à travailler.

La culpabilité se met à rôder – tout ce qu'ils auraient dû faire. Ils n'ont pas tenté de faire de moi un musicien. J'ai craqué au bout de trois semaines de cours de piano. Sous prétexte qu'il ne fallait pas forcer un petit garçon de sept ans à faire comme ses parents, ils ont laissé filer. Premier loupé. Cinq ans plus tard, j'ai entrepris le saxophone, pour imiter Johann. J'ai vite abandonné. Ils ont cédé lâchement.

Papa spinoziste s'oblige. *Le bonheur est éternel, c'est de ça qu'il s'agit aujourd'hui, pas d'autre chose !* Il se redresse et reprend le fil du récit :

— N'empêche, surprise formidable, Lion avait accepté d'aller à l'opéra avec nous. Ce serait bien la première fois qu'on sortirait ensemble pour un spectacle lyrique. Nous avons accueilli sa venue comme un cadeau.

Papa tente de s'appuyer sur ce bout de bonheur.

Maintenant, papa s'éloigne un peu de mon cercueil. Il parle en traversant la foule des amis. Il frôle un visage, des bras l'étreignent, et puis une main, « et toi ! et toi », tête contre tête, « merci d'être là », peaux à peaux sans cesse, papa marche d'un ami à l'autre tout en racontant. Infinies tendresses là qu'il n'avait peut-être jamais si bien senties. Papa se demande *pourquoi faut-il attendre des moments de telle tristesse ?* Il revient vers le cercueil. Il repart vers les amis.

L'opéra de Rennes à nouveau :
— On s'est longuement gardés serrés dans les bras l'un de l'autre mercredi soir sur la place de la Mairie, quand on s'est retrouvés devant l'entrée du théâtre.
Papa se retourne vers maman. Elle a raconté tout à l'heure comment je m'étais longuement serré contre elle lundi soir.
— Moi aussi, que j'ai aimé cette embrassade !
Une question idiote affleure : qui aura le mieux aimé leur fils, le papa, ou la maman ? Il zappe. Oui, au fait, qui j'aimais le plus ? Non, joker !

Ami joue. Ami a les doigts en vrac, il est malade, mais il a apporté son violon et il joue la *Partita* de Bach, le mouvement lent, forcément le mouvement lent. Puis son violon chante le *Kaddish* de Ravel. Sans les paroles, sans les mots : « Toi qui dois ressusciter les trépassés... », des mots qui seraient insupportables à papa, ici, à côté de mon cercueil. La résurrection, le paradis, la vie éternelle, mots rayés de son dictionnaire personnel. Ami et Ravel me disent la prière d'adieu. Papa veut bien la prière, mais sans adieu ni Dieu. Il pleure quand même. Maman n'en parlons pas.

Un long moment après. Le récit de papa reprend.

— J'avais téléphoné à Daniel B. qui a pu dénicher à la dernière minute une place pour Lion. Par contre, il était désolé, mais impossible de nous donner des fauteuils côte à côte. J'ai dit que ça n'avait pas d'importance – je croyais encore à cet instant que c'était secondaire de ne pas être tout près les uns des autres. Avant le spectacle, dîner de directeurs de théâtre. Lion a dû s'emmerder en cette compagnie bavarde, et toi aussi Martine, excuse-moi.

Il s'adresse à mon cercueil :

— Excuse-moi, Lion.

Il ne s'excuse pas seulement pour cette fois-là, mais aussi pour des tas d'autres repas à mi-chemin entre tentative boiteuse de compromis travail-famille et défaillance paternelle.

— Vient l'heure du spectacle, même pas le temps d'un café, on court prendre place, nous dans la loge du directeur, Lion à l'orchestre. Depuis le balcon, nous regardons fréquemment notre fils, là-bas, tout à gauche, au premier rang, penché sur la fosse des instrumentistes, à deux pas de la scène. Les chanteurs sont jeunes et beaux comme lui.

Les parents auraient évidemment aimé me voir sur cette scène, chanteur parmi les chanteurs.

— Martine et moi, nous étions ravis. Le spectacle était très bien, la direction musicale aussi. À l'entracte, Lion nous dit que lui aussi il aime beaucoup ! Stupeur : il y avait des années qu'il ne nous avait pas dit aussi simplement qu'il aimait quelque chose. En plus un opéra : bien plus qu'un métier pour nous, parents, une passion, avec ce que ça suppose de dangers pour la vie familiale ! Lion aime, il aime ce que nous aimons, il le dit, et il nous le dit à nous ! C'est des cadeaux énormes qu'il nous fait !

Papa crie à tue-tête dans le crématorium :

— CADEAUX ! CADEAUX ! CADEAUX !

Un exalté triste en larmes heureuses se tourne vers mon cercueil :

— Lion, tu ne nous as fait que des cadeaux la semaine dernière ! CADEAUX !

Deux croque-morts entrouvrent la porte pour voir ce que c'est que ces cris. Mais tout est redevenu normal, les parents pleurent, l'assemblée aussi. Les croque-morts repartent.

Les mains de maman et de papa. Tournées l'une vers l'autre, toutes proches, à quelques centimètres, levées au niveau de leurs visages, elles se parlent, comme en un miroir. Papa, sans presque bouger la main de place – il ne lui avait pas encore raconté ces détails :

— Tu devais travailler très tôt le lendemain matin au TNB, tu es partie à l'entracte. Tu laisses le fils et le père ensemble. J'ai proposé alors à Lion de venir prendre ta place au balcon. Nous finissons la soirée côte à côte dans la loge, heureux d'être si proches. À la sortie, on prolonge dans un bistro du centre de Rennes. On boit un verre. Mais du mauvais rap à donf après Haendel, non, ça ne va pas. Impossible de se parler sans crier. Les fumeurs me font tousser. On repart, tant pis, on va rentrer chacun chez soi, lui dans sa piaule, moi à l'hôtel où Martine dort déjà. Je lui en veux à ce bistro d'avoir été insupportable, nous aurions parlé ensemble des heures et des heures, cette nuit-là. Peut-être que ça aurait changé quelque chose.

Ça y est, ça lui revient, les regrets, l'infernale machine à regarder en arrière, ce qu'il a fait, ce qu'il n'a pas fait, ce qui aurait changé si... Un diable passe et pourrit l'enterrement. Merde et merde. Papa s'embourbe dans les remords. La main de maman rattrape la sienne, elle secoue la poisse de l'ombre maligne. Sous la caresse, papa rebrousse chemin. Étreinte des doigts. Il me retrouve.

— Lion et moi, nous avons marché tous les deux, maintenant silencieux. Il était minuit, il faisait très froid, l'élan de la conversation était tombé. On se quitte à côté de l'hôtel de Martine, à l'angle du passage du Théâtre...

— Non, pas du Théâtre, de la... de la Grippe ! Cette petite rue piétonnière qui conduit tout droit au Théâtre national de Bretagne, elle s'appelle rue de la Grippe...

Papa regarde maman, sidéré. Quoi ? Rue de la Grippe ? Le moindre détail aurait du sens ? Il est assommé. Le lundi, deux jours avant la soirée à l'opéra, j'avais consulté à Rennes un médecin qui avait diagnostiqué un petit état grippal et rédigé une ordonnance. Le mercredi soir du spectacle, je me sentais beaucoup mieux. Après la représentation, on s'est quittés *rue de la Grippe*, et, trois jours plus tard, le samedi, je suis mort d'une méningite. Les cousinages de temps, de virus et de verbe poussent à délirer. Les parents ne trouvent plus leurs mots. Puis non, ils décident d'une intuition mutuelle que le mauvais film qui vient de défiler en trois secondes dans leurs têtes restera entre eux. Ils n'insinueront rien, ni sur les limites de la médecine, ni sur le hasard des rues. Ils ne diront pas qu'il y a du destin partout. Papa continue son récit. Les amis attribuent leurs hésitations à l'émotion.

— Lion va pour s'engager dans ladite rue de la Grippe ; je le rappelle avant qu'il ne disparaisse. Je n'ai pas de rendez-vous ce jeudi avant 14 h 30, veut-il qu'on déjeune ensemble ? Oui ? Super, à demain midi au Picca, devant la mairie. *Abrazo* viril, on faisait souvent comme ça, Lion et moi, à l'espagnole, de larges tapes dans le dos, entre hommes.

Maman :
— Il était arrivé par le passé que ce soit compliqué. C'était encore un ado il n'y a pas longtemps.

Mille engueulades défilent, détestées. *Non pas détestées, regrettées, aimées*. Papa fait des allers et retours dans sa tête. Les engueulades font partie des souvenirs de présence, *donc il était vivant, donc c'était du bonheur*. Papa se convainc comme il peut. Maman poursuit :
— Tous les jours de cette semaine, on se sera ainsi vus et aimés. Il n'y aura pas eu la moindre crispation entre nous. Pas un instant de distance.

Ça leur fait du bien de sentir résonner encore en eux un écho de cette douceur. Maman ajoute :
— En plus, ça fait du bien de vous le dire.

« ... Pâle dans son lit vert où la lumière pleut
Les pieds dans les glaïeuls, il dort. Souriant comme
Sourirait un enfant malade, il fait un somme :
Nature, berce-le chaudement, il a froid... »
Isabelle, venue au secours dans la seconde même d'un appel au secours de maman, Isabelle et Rimbaud les font sangloter. Puis Vicente, qui a apporté sa guitare et García Lorca et l'Andalousie. *Petenera*. La

voix intérieure de papa hausse les épaules : *la* Petenera *de Vicente t'a toujours fait pleurer, bien avant la mort de ton fils*. Je ne lui avais jamais parlé de cette chanson devenue tube sur mon MP3 – il vient de l'apprendre hier par Marie et Romain. Peut-être que papa pleure maintenant pour cette raison. Parce que je ne lui avais pas dit. À moins que ce ne soit parce que nous aimions tous deux le flamenco. Roulis. On appelle ça délibération intérieure chez les philosophes. En papa, en ce moment c'est plutôt chaos, lutte de soi contre soi, bagarre. Il hausse les épaules. Depuis deux heures, il hausse souvent les épaules. Les amis prennent pour un tic nerveux sa tentative magique d'éviter les contradictions.

Papa reprend son récit :
— Jeudi, nous avons déjeuné ensemble, Lion et moi. Nous avons commenté le spectacle de la veille. Nous nous sommes moqués du chirurgien qui avait tué Georg Friedrich Haendel sur le billard peu après avoir tué Jean-Sébastien Bach. Haendel et Bach, les deux dans une même carrière, beau tableau de chasse pour un médecin, non ? Puis nous avons parlé des études de philo. Lion entrait en licence, il fallait déjà qu'il pense à sa maîtrise, quel sujet, quel directeur de travail. Lion souhaitait séjourner l'an prochain dans une université à l'étranger. Il avait le choix entre une faculté au Canada et une autre en Islande. J'ai défendu l'idée du Canada – des universités forcément plus pointues qu'en Islande, etc. Lion était beaucoup plus tenté par l'Islande. J'ai laissé dire ; rien d'urgent, qu'il se renseigne. En fait, je ne voulais pas du tout de l'Islande, je n'y croyais pas, mais j'ai fermé ma gueule. Coup de chance : au moins, je n'ai pas ce sou-

venir affreux d'avoir été con, paternaliste et sentencieux pendant notre dernier déjeuner ensemble. À 14 h 15, j'ai dû presser le mouvement. J'avais rendez-vous à la DRAC. Lion allait dans la même direction, il voulait voir une boutique rue du Chapitre. Deux cents autres mètres partagés. Nous nous sommes séparés place du Calvaire. Hier soir, à Douarnenez, j'ai retrouvé dans ses affaires le sac tout neuf qu'il a acheté après m'avoir quitté.

Papa donne un coup de pied dans le vide, comme pour chasser le *Purpura fulminans* nauséeuse qui monte à sa bouche avec les mots.

— J'ai fait le mauvais choix jeudi, je n'aurais pas dû aller à mon rendez-vous, j'aurais dû aller magasiner avec lui.

Larmes, une fois de plus.

Leurs amis prennent parfois la parole, sans ordre, sans se concerter. Ou plutôt si : ça concerte de partout, ça chante comme ça parle, l'un achève la phrase de l'autre, un autre encore enchaîne, n'importe qui n'importe quand autour du double concertant maman-papa. De longs silences aussi, sans la peur du vide. Le silence, ça peut être de la musique, dit Susumu. Pas de chef, pas de metteur en scène, pas de MC. Autour du récit des parents, *chorus, tutti* sans filet ni frime, appels, réponses, nul ne sait où ça va, mais ça y va.

Ils me font une vraiment belle cérémonie.

France au piano, choral de Bach, « *Wachet auf, ruft uns die Stimme.* » « Éveillez-vous ! » crie la voix. Présence *fortissimo*, comme si tout le monde me regardait. Deux amis de lycée racontent nos virées, le camping, le foot – ils ne parlent pas des nuits remplies de jeux vidéo, ni du shit. Musique encore, quand même pas que du *live* : un disque de Radiohead, et puis Portishead, le troisième titre du CD, *Undenied* (... *For so bare is my heart, I can't hide*...) – les musiciens que je préférais avec Björk. Papa se raconte qu'une petite flamme s'est allumée, ce serait moi. Long sourire béat à suivre sa veilleuse de rêve.

Leur récit arrive vers la fin, la nuit de vendredi, ma fatigue extrême, ma fièvre du matin, fini les cadeaux, le Samu, l'hôpital, et puis ma mort à 16 h 17. Silence à couper au couteau. Ça renifle dans tous les coins.

Annie se lève. Du fond de la salle, les yeux plongés dans les yeux de maman, elle chante une *gwerz* comme on ne peut la chanter qu'à pareil moment, loin de tout folklore et de toute manière. Pas de doute, papa sanglotera toute sa vie quand reviendra ce souvenir. Jamais chant ne lui a dit si vrai. Il ne comprend rien au breton, mais il comprend tout : c'est de la musique qui parle.

« ... *Marv eo ma mestrez, marv ma holl fiañs,*
Marv ma vlijadur ha tout ma holl esperañs,
Biken' mije soñjet nar marv a deufe... »

« ... Ma mie est morte, morte toute ma confiance,
Morts mon plaisir et tout mon espoir,
Jamais je n'aurais pensé que la mort vienne... »

Dans le chant d'Annie, il y a tout, des caresses, de la détresse, et des bras ouverts. Lumière, douleur, papa est entre extase et effondrement. *C'est une vraie cérémonie.* Papa est exalté. *Un spectacle c'est une cérémonie en secret.* Papa tremble. « Y a d'la joie ! » lui souffle le diable Trenet dans l'oreille. Papa délire. Cyclothymie accélérée. Stop ! Papa reprend son deuil dans la gueule. Pas de joie du tout.

Arrive le moment d'aller dire aux croque-morts qu'ils peuvent s'emparer du cercueil et le conduire vers le four. Les parents le font ce signe impossible à faire. Puis, ils entrent dans le parloir carcéral du crématorium. Ils veulent encore et encore revoir mon cercueil. Ce qu'ils voient maintenant en réalité, ce n'est pas le cercueil, mais la disparition du cercueil.

La porte coulissante du four se referme. Au secours. Feu.

Venu du cœur de l'assemblée, le ben dir de Youval. C'est la musique que j'entendais tout bébé, lorsque Youval habitait à l'étage en dessous.

Procès-verbal du crématorium : « Le cercueil contenant le corps a été introduit à 15 h 31 dans l'appareil préchauffé. »

Papa et maman n'ont pas voulu que l'assemblée se finisse sinistrement au troquet d'en face, dans l'attente que tout soit consumé. Le rituel se poursuit donc à l'ombre des grondements du four. Souvenirs, musique, silences, messages, sanglots pendant près d'une heure et demie encore. Dehors il pleut. Surgit la silhouette de Pierre, comme en écho au poème que vient de lire mon copain Antoine. Cette présence de Pierre, même furtive, c'est un soulagement. Tout le monde avait eu peur que Pierre ne trouve pas l'énergie de venir. Pierre était mon ami le plus proche avec Antoine ; son intelligence me fascinait. M'impressionnait aussi sa lucidité désespérée. Pierre n'entre pas, il fait les cent pas devant les portes-fenêtres du crématorium. Papa hésite à quitter la cérémonie pour le rejoindre. Il veut rester le plus près possible de maman et de ce four qui me dévore. Ses débats intérieurs reprennent, match violent. Rester ? Aller près de Pierre ? Papa cafouille. Il sort dans le jardin, mais il ne voulait pas quitter la cérémonie. Dehors, il trouve un fil surprise : sortir, c'était le bon chemin pour se rapprocher de moi. Papa prend la main de Pierre dans la sienne, comme il faisait avec moi. Pierre accepte cette main. Leurs deux têtes se cognent doucement l'une contre l'autre, caresse pudique. Pierre ne veut pas pénétrer dans le crématorium. Papa insiste. Il entend Noémie et Christophe qui jouent Ravel là-bas. Papa voudrait éperdument être avec leur duo violon-violoncelle. Mais maintenant, il tient à être avec Pierre. Il voulait aussi rester avec maman. Et avec moi. Papa veut tout. Il est tiraillé en tous sens. Il ne sait pas sortir de l'impasse.

Vas-y papa ! Tu veux tout ? Prends tout ! Si Pierre ne veut pas entrer, il suffit de décider que la cérémonie va jusqu'au jardin. Tu veux aussi la musique ? Ouvre la porte du crématorium. Papa retourne auprès de Pierre, la musique le suit, et la tendresse de Martine. Pierre et papa et maman et les amis et la musique sont avec moi, papa n'est plus écartelé.

Pour la première fois, papa accepte Pierre comme il est. Papa comprend ce que le parent inquiet de la came et des mauvaises notes n'acceptait pas : *Pierre, c'était un ami de Lion*. Hier soir, Pierre leur a apporté à Douarnenez films et photos : mille souvenirs des bringues de notre inséparable groupe de copains et dont maman et papa se méfiaient profondément – shit, alcool, détestation des profs, jeux vidéo des nuits entières, tout, tout ce que des parents voudraient voir leur lycéen de fils éviter. Papa m'a cherché sur les images tel qu'il me connaissait. Il m'a découvert très différent, hilare, extraverti, expansif comme je ne l'étais plus devant eux depuis belle lurette. Stupéfaction. Remords. Incompréhension. Agacement aussi. Contre toi, ou contre moi ? Puis, tout compte fait, il n'a pas trop le choix, acceptation, ce n'est plus du tout l'heure de la morale.

Papa s'est rapproché de moi.

« ... J'ai salué le soleil, j'ai levé la main droite,
Mais je ne l'ai pas salué pour lui dire adieu,
Je lui ai fait signe que j'étais heureux de le voir
Rien d'autre. »

Quand papa revient du jardin où Pierre a voulu rester malgré la pluie, Jacques est en train de lire un poème. Fernando Pessoa. Devant la morgue de l'hôpital où je venais de mourir, il y a trois jours à peine, papa s'efforçait de saluer le soleil en criant « Vive la vie, vive la vie quand même ! » Ridicule, papa se trouve ridicule maintenant que le four s'est refermé et que tout brûle. Merde Pessoa. Saluer le soleil ne tient plus debout. Impossible de rêver à la moindre lumière.

Papa s'assoit au dernier rang du crématorium. Jean-Claude joue un autre *Impromptu* de Schubert. *Sol* bémol majeur. Papa rumine incinération. Jean-Claude lui a dit en arrivant que si, au soir de la fin du monde, Dieu parvient à réaliser la formidable résurrection des corps promise, il importera peu que les cadavres aient été enterrés ou incinérés : la reconstitution de milliards et de milliards de disparus, ce sera de toute façon un énorme exploit. Papa a rigolé à l'idée du travail de cinglé qui attend Dieu. Os ou cendres, c'est donc pareil au bout du compte ? Une de ses vieilles préventions héritées du catholicisme s'effondre. Urnes et tombeaux, même destin.

Mais avec incinération il reste chaleur, celle qui rugit dans le four. Papa déteste la chaleur. Quand il marchait avec moi en été, il voulait qu'on rase les murs, le plus possible à l'abri. Je ne comprenais pas qu'il supporte si peu ce que maman adorait. Si donc il n'avait jamais pensé à être incinéré, c'était aussi pour ne pas rôtir – ni en vrai ni en enfer. *Incinération :* le mot avait sonné en lui comme un coup de tonnerre, quand maman l'avait murmuré aux PF. Papa n'avait finalement pas discuté.

Il ne discute toujours pas. Il s'entraîne seulement à penser cendres. Ce n'est pas facile.

Procès-verbal du crématorium : « À 16 h 58, la crémation étant complète, les cendres ont été recueillies dans une urne et remises à la famille. »

Après la cérémonie de Carhaix, sous une pluie battante, on inhume mes cendres à Ploaré. En fait, inhumer signifie littéralement enterrer ; ce n'est pas du tout le bon mot, mais si la boîte de cendres est posée dans un cavurne recouvert lui-même d'une dalle de ciment aux mensurations réglementaires, trois mètres carrés, je vais avoir l'air d'être enterré comme tout le monde. Pas de crucifix par contre, maman et papa n'en ont pas voulu.

Ma tombe est l'une des rares sépultures du cimetière à ne pas être surmontée d'un christ en croix, tête penchée à droite. (Question pour familiers de cimetières : pourquoi si peu de christs ont-ils la tête penchée à gauche ?)

Mais, un petit mais. Au moment de partir pour le cimetière, papa et maman ont fait comme un tête-à-queue. Ils ont ouvert l'urne. C'est moins sacrilège que d'ouvrir un cercueil, mais, tout de même, un tremblement s'était emparé d'eux. Ils voulaient encore une fois regarder quelque chose de leur fils, juste une dernière fois avant l'ensevelissement. Ils n'ont pas pu en rester au regard. Maman a pris une cuillère et elle a prélevé quelques cendres pour les conserver à la maison. Papa a suivi, sans se cramponner à la moindre rambarde théorico-défensive sur la séparation des morts et des vivants. Fini le toutim rationnel avant de partir au cimetière. Ne restait plus en maman et papa que cette compulsion primaire : garder, garder un peu, garder quelque chose de ce fils qui s'en allait. Il y aura donc désormais presque toutes mes cendres au cimetière, et quelques bouts de moi ailleurs, dans deux minuscules boîtes – une dans le tiroir de maman, l'autre sur une étagère de la bibliothèque de papa.

Quelques semaines plus tard. L'ami Giloup dépose sur ma tombe le plus beau cadeau qui puisse être là : une tête de lion massive, trente ou quarante kilos. Elle a été sculptée par son propre grand-père voici des décennies. Totem de pierre païen à l'intérieur d'une forêt de crucifix, un ancêtre fauve veille maintenant sur moi à Ploaré. Une tête sereine, bienveillante et solide, là comme depuis le fond des âges.

Chapitre 5

> — *Cela signifie-t-il que lorsque je pense à un manque,*
> *je dois l'appeler présence ?*
> — *C'est ça, et souhaite la bienvenue à chaque manque.*
> *Fais-lui bon accueil.*
>
> ERRI DE LUCA

> *Par les couloirs de la nuit [...] la mort devient ce qu'elle est : une séparation seulement presque interminable, interrompue par des retrouvailles brèves et extatiques. Sans les rêves, la mort serait mortelle – ou immortelle ? Mais elle est fendue, déjouée, refaite. De ses terres s'échappent les fantômes qui consolent les mortels que nous sommes.*
>
> HÉLÈNE CIXOUS

Maman ouvre la porte de ma chambre : « C'est l'heure, il faut qu'on y aille. » Je continue à dormir sous la couette. Maman referme la porte. Je suis mince, un peu amaigri ; elle me trouve beau quand même. Maman m'admire et détourne les yeux : je suis nu, comme je l'étais presque entièrement sur le lit, dans l'attente du Samu le samedi de ma mort.

Maman raconte à papa. Il pleure. Causes de ses larmes : ma mort, bien sûr bien sûr, mais aussi les heures qui ont précédé ma mort, pendant qu'il perdait son temps à remplir un caddie au supermarché du samedi. Tu appuies sur le bouton et papa pleure.

Ils appellent leurs rêves des visites. « Événements de la nuit », disait Victor Hugo. « Joies de revenance », écrit Hélène Cixous. Ils guettent mes visites, je suis leur événement, leur joie.

Ils ne sont pas sages. À travers tous les objets qu'ils touchent, c'est moi mort qu'ils cherchent. Leur lieu préféré, en ce moment, c'est le cimetière. Leur posture spontanée quand ils sont tous les deux seuls : les mains enlacées, le front contre le front, et des larmes. Partout dans la maison, il y a des photos de moi. Ça n'aide pas à ne pas pleurer.

Syllogisme : papa pleure chaque fois qu'il pense à moi. Papa n'est heureux que lorsqu'il pense à moi. Papa est donc heureux chaque fois qu'il pleure.

Papa dit qu'il ne voudra plus jamais tenter de gagner au moindre jeu de hasard. Il dit que ma mort lui a appris ce que c'est que perdre. Jouer serait tenter le démon, tenter de ne pas avoir perdu. Papa dit qu'il donnerait tout pour que je ne sois pas mort. (Tiens, encore une formule qui ne relève plus tout à fait du convenu et qui devient assez vraie : « Je donnerais tout pour qu'il vive encore ! ») Papa se sentirait mal s'il gagnait au Loto. Il a tout perdu et c'est comme s'il devait rester fidèle à cette perte. Plus rien à gagner.

Papa joue quand même au Loto. Au bureau de tabac, il coche ma date de naissance, la date sur laquelle il avait hésité quand le Samu nous interrogeait. Il tente d'annuler son foutu lapsus, au moins ça, annuler sa connerie.

Aux tirages du mercredi et du samedi suivant, le 19 ne sortira pas. Ni le 21 de mon âge. Ni le 4 d'avril, ni le 28 (de 1982 où je suis né, 82 inversé avec application, mais tout de même, le 28, c'est aussi le jour de sa naissance à lui.) Échec sur toute la ligne. Numérologie implacable. Loto perdu papa toujours perdu.

Trois jours de congé pour un deuil, c'est le code du travail. Comment ils font, les papas, et les mamans qui perdent leur fils ? Trois jours, larmes cimetière rangements, puis s'en retournent au boulot ? Papa ne voit pas comment on peut faire pour reprendre le travail. Mais, lui, il reprend tout de suite les répétitions avec maman. Il prétend que ce n'est pas pareil, qu'une production les attend, *La Désaccordée*, date de création annoncée depuis six mois. Nul ne leur en voudrait d'annuler : « Après une telle épreuve ! Quatre semaines après ce deuil ! », etc. Non, non, le spectacle a été répété de mon vivant, le mois dernier, il leur semble qu'il faut aller au bout ; ils me trahiraient, prétextent-ils, en annulant, « Lion fait partie de l'univers de cette création ». Ils reprennent le travail. Ça les tient.

Un des endroits où papa se sent le plus en accord avec lui-même, c'est au cimetière de Ploaré. Lumière sur la baie de Douarnenez. Un camélia tout près de ma tombe. Un mimosa bientôt aussi, en janvier. Poussée des plantes hivernales au sein de l'éternité minérale, comme un rêve de vie au pays des morts.

Régine appelle papa sur le portable pour dire qu'elle viendra à la création de *La Désaccordée*. Elle croit déranger papa sur scène, en plein montage, à quelques jours de la première du spectacle. Papa est assis en larmes douces : « Je suis au cimetière, et c'est beau ici. »

Papa dit à Susan et Robert quand ils viennent le féliciter après la création du spectacle :

— Je ne serai plus jamais pleinement heureux.

Au moment où il formule cela, il croit qu'il dit vrai. Non papa, cette vérité n'est pas vraie, elle est *trop* comme on dit. Tu ne fais plus gaffe maintenant aux *jamais* et aux *toujours*, imprudent. Accepte les compliments de Susan et Robert et tais-toi quant au bonheur. Pourvu qu'il te revienne. Et puis, dans un an, mourra la propre fille de Susan et Robert. Tes deux chers voisins anglais reprendront alors à leur compte ta phrase, exactement celle que, sans savoir, tu leur as soufflée et qui leur devient affreusement propre :

— *We know, we never will be happy.*

Attention, danger : les mots de la mort sont peut-être contagieux.

Avant, il arrivait à papa de s'intéresser à l'état futur du monde. Il pensait confusément à l'état de *mon* monde – ce monde que je ferais, que je dirigerais ou que je subirais, celui où je vivrais une fois adulte, dans dix ou vingt ans. Ce qu'il pouvait faire, lui, c'était tenter de me léguer un monde respirable. Maintenant plus rien, papa ne voit pas le futur. Dans le journal, il saute les articles de prospective. La température qu'il fera sur la planète en 2030 ? Il n'y pense pas, ni aux retraites, ni à l'atome, ni au progrès, il ne sera plus là, ni moi ni ses petits-enfants, ni ses arrière-petits-enfants, etc. L'avenir de la planète n'est plus qu'un sujet de débat moral. Les écolos ont probablement raison, mais les mayonnaises idéologiques ne montent plus très fort en lui. Moi parti, il n'y a plus en politique que cabotage désordonné, un coup très à gauche, un coup au centre gauche, un coup anar tendance libéral-libertaire – quand même jamais à droite.

Papa et maman sont en apprentissage accéléré. Les gens leur demandent comment ils peuvent supporter ma disparition. On attend d'eux qu'ils disent que c'est insupportable. On voudrait savoir comment ils pleurent, comment c'est possible de vivre et de travailler avec ma mort dans la tête. Embarras. Ils ne sont pas des stoïciens modernes modèles. Comment vivre, pleurer et rire en même temps ?

Ils ont appris ça de Bergman : « Nous sommes tous des analphabètes du sentiment. »

Une fois l'équipe des musiciens partie, papa s'est particulièrement senti triste. Ces présences étaient douces. Leur musique lui faisait des caresses, à lui aussi.

Papa en rage. Les agences immobilières dépouillent les annonces nécrologiques puis écrivent aux familles pour leur proposer affaire. Elles ont lu l'annonce de mon décès, dans *Le Monde*, dans *Ouest-France* ou dans *Le Télégramme*. Elles téléphonent en général vers midi, à l'heure du repas. Elles offrent d'aider à la vente de mes biens. Elles se font recevoir : « Vous avez dit quelle agence ? Épelez : ça s'écrit avec deux n ? Un s ou un ç ? OK, merci beaucoup, j'ai bien noté. » Il devine un frisson d'excitation à l'autre bout de la ligne, le poisson endeuillé qu'il est semble avoir mordu à l'hameçon. C'est à ce moment qu'il ajoute avec jubilation cruelle : « Et maintenant, dites bien ceci à votre patron : jamais, jamais vous avez bien entendu, jamais je ne mettrai les pieds dans votre agence de charognards. Et je dirai partout que votre agence a profité de la mort de mon fils pour tenter de gagner du fric. » Papa en fureur anticapitaliste.

En tant que nouvel et jeune abonné du *Monde*, je reçois un mode d'emploi des petites annonces du « Carnet rose », mariages et naissances. Ça aussi, en plein pour la gueule du grand-père avorté. *Le Monde* ajoute avec ses vœux de fécondité qu'ils espèrent me garder très longtemps ! Pan sur leur bec de canard, j'ai battu le record absolu de brièveté en tant qu'abonné : vingt-quatre heures !

Papa et maman se tournent et se retournent dans leur lit, sans trouver le sommeil. Télé, que dalle. Journal, que dalle. Pas le courage d'entamer un roman. Papa dit qu'il ne peut plus lire de roman en ce moment. Les larmes et le deuil interdisent peut-être la fiction. Au cinéma, ce n'est pas pareil. Maman et papa ont vu *Pas sur la bouche* – Alain Resnais, d'après Maurice Yvain – avec un plaisir qui les a saisis par surprise. Donc, à cette heure du deuil, images oui, écrits non.

Je joue au ping expression. C'est le nom du jeu. Les balles que vous envoie l'adversaire ne sont là que pour mettre en valeur votre propre jeu, pas pour vous mettre en difficulté. Ma part pong, c'est le combat, maman si fière de moi quand je me suis battu comme un damné pour remporter une coupe à Châteaulin. Ma part ping caresse dans ce rêve ses propres aspirations édéniques.

Papa se demande à qui faire don des balles de ping-pong que je venais d'acheter par centaines, soi-disant pour faire des économies.

Les deux au lit. Sur le côté gauche, sur le côté droit. En silence. En parlant. En se tenant la main. En se retournant. Rien n'y fait. Ça pleure, ça se tord dans le ventre. Maman se lève et fait des exercices au sol. C'est son truc, avec les massages. Inspiration, relaxation, étirements, mouvements du cou, petites balles de tennis calées sous l'oreille, ballon légèrement dégonflé sous la nuque, inspiration, relaxation… Elle a déjà demandé à papa des massages. Papa s'oblige à masser.

Elle sent qu'il s'oblige. C'est raté. Tu m'as pourtant bien massé, papa, au cours de ma dernière nuit. Tu ne pourrais pas faire un effort pour maman ?
Je n'y croyais pas plus cette nuit-là que maintenant. Je suis incroyant comme masseur. Je m'en veux, tu sais bien, je m'en veux d'avoir raté ce massage.
Papa n'aime pas faire des massages. Il aime par contre bien quand on le masse lui : ostéo, kiné, maman, Giloup, Bertrand, Patrick, la liste de ses sorciers est très longue. Papa est un croyant passif.

Maman a dû faire des démarches à la Sécu pour des feuilles de maladie en retard. On y refuse de traiter son dossier : « Votre livret de famille n'est pas à jour ! Il faut faire rayer votre fils du livret. » Au service d'état civil de la mairie où elle est allée en larmes, l'officier a établi l'acte de décès numéro 316. Les papiers sont en ordre, je suis décédé partout, les remboursements peuvent reprendre. Maman ne retourne pas à la Sécu, elle a trop de haine.

Les assurances écrivent à mes parents et expédient les sous auxquels une disparition donne droit. « Cette année, dit papa, nous ne serons pas tout le temps à découvert. » Le capital décès financera même l'aménagement de la tombe.

Maman zappe à la télé. Rien. Elle aimerait tomber sur un documentaire animalier. En ce moment, rien ne vaut mieux pour elle qu'un bon court-métrage sur la reproduction des pandas, ou sur les chameaux dans le désert, ou sur les pingouins de la banquise. Animaux et paysages, c'est là qu'elle peut s'évader. Un canal quelconque la conduit aujourd'hui dans la savane. Papa soudain : « Surtout pas d'un film sur les fauves ! » Tornade dans la chambre, les larmes crèvent les yeux de papa, maman sanglote, lionceau *is back*. La seule idée de voir des petits lions courir, jouer, téter, dormir près de leur mère, ça les rend fous. Le prénom de leur fils et toute la famille léonine, c'est la panique.

À peine assis dans la carlingue, ils se prennent par la main et les larmes débordent de leurs yeux. Une fois l'avion en plein ciel, ça continue à couler sur leurs deux visages parallèles. Le steward s'inquiète. Ont-ils si peur que ça de prendre l'avion ? Papa touche le bras du steward, il bafouille :
— Non, tout va bien, tout va bien, juste un deuil.
Le steward s'éloigne, mal à l'aise. Les larmes coulent la moitié du voyage durant. Passe le chariot des sandwichs Air France. « On a quand même faim », dit papa.
Pourquoi ça s'arrête les larmes ?

Des tonnes de clichés dégoulinent dans la boîte aux lettres. « Condoléances, douleur, peine, terrible chagrin », chaque interlocuteur tente de trouver des mots – en vain. Un étudiant en linguistique pourrait faire une thèse là-dessus : 80 % des messages qu'ils reçoivent leur disent avec les mêmes mots embarrassés qu'il est impossible de trouver les mots pour… Pour quoi au fait ?

Les marchands de funéraire leur donnent le choix entre la « sobriété et la douceur d'un monument en granit crépuscule » ou « l'harmonie d'une progression vers la vague d'une stèle ondoyante » (avec du granit himalaya sans majuscule). On propose aussi des tombes au « classicisme d'inspiration antique ». Voire même des « sépultures artistiques, figuratives, abstraites, poétiques, ou symboliques ». On insiste sur « l'équilibre des courbes de la stèle », « la justesse des proportions arrondies », « la grandeur et la sobriété » pour un « joyau écrin du souvenir ». Ils peuvent opter pour « un hommage classique et discret » (3 000 €), pour « l'élevé et sobre » (3 500 €), il y a aussi le « rare et délicat », mais c'est beaucoup plus cher, car « traditionnel et intense ».

Ils préféreraient un bon vieux monument d'occasion.

Retient leur attention hilare une plaque funéraire en altuglas avec carte du Cantal et vaches salers. Je ne suis ni né ni mort en Auvergne ; il n'y a pas d'article funéraire avec la bretonne pie noir, tant pis.

Dos courbé, visage raviné par les larmes, solitude accablée, corps cassé, plus jamais, silence, lande dévastée, vent froid, vieillard brisé : toi aussi papa, cliché ambulant chaque jour, quand tu viens au cimetière de Ploaré.

« Dors mon adorée que le soleil dora, dors. » Un vers de Paol est devenu une de leurs ritournelles. Avec Pierre-

Alain, Paol est l'auteur d'un de ces cinq ou six spectacles sur le deuil que papa avait déjà portés à la scène, celui-là même avec maman : *Dieu et Madame Lagadec*. Ils l'ont créé six mois avant ma mort. Sûr, ils n'auraient pas pu après. Maintenant, pendant ce premier hiver de leur deuil, Paol leur dit cette chose stupéfiante : je suis mort un même jour d'octobre que sa fille Dora, quelques années après elle, mais un même 25 octobre. Elle avait 12 ans, j'en avais 21. Maman prise de vertige. D'un 25-10 à un autre 25-10, d'un 12 inversé en 21, elle frôle la noyade dans la numérologie. Chercher du sens si ça aide ? Papa ne veut pas. « Les chiffres n'ont pas de sens, ces choses n'ont pas de sens. ELLES-ONT-LE-SENS-QUE-NOUS-LEUR-DONNONS-POINT ! »

Ça fait du bien à papa de gueuler un coup.

Un bébé, ton bébé, dans un berceau. Tu le prends dans tes bras. Il est léger et tout petit ! Tu l'approches de ton visage, je te regarde, je souris, je murmure distinctement « Pa-pa ». *Papa, il m'a dit papa !* Tu pleures de joie dans ton rêve, *Lion a à peine trois mois, et il m'a dit, à moi, papa ! Ses premiers mots pour moi, pa-pa !* Papa est bouleversé, il voudrait que je redise maintenant les deux syllabes magiques. Mais non, ni en rêve, ni en vrai. Non.

Petit écho à la belle Dora dorée de Paol, maman et papa bafouillent dans tous les sens leurs misérables allitérations à eux :

— Lion, lions, allions, aillons, au lit, nous allions, allions-nous…

La musique ne vient pas.

Des regrets, papa en a inlassablement pour les derniers jours. L'image qui revient le plus maintenant, ce n'est plus le supermarché, mais c'est quand il m'a quitté à la sortie de l'opéra de Rennes. Il faisait très froid, il aurait aimé que je l'invite chez moi. Désolé papa, il y avait trop de bordel, et puis il y avait du shit qui traînait, on se serait engueulés. Papa rêve qu'on aurait parlé toute la nuit, mieux que jamais. Et puis il a aussi le remords du lendemain jeudi. Il est convaincu qu'il n'aurait pas dû me quitter après déjeuner pour aller à la DRAC. Regrets qui remontent, mauvaises odeurs.

« Chez nous, au Japon, leur a écrit Susumu, lorsqu'on vient de perdre un membre de la famille, on prévient les correspondants habituels que, à cause du deuil, on n'acceptera pas leurs vœux pour l'année nouvelle. »

Le dernier mot sur scène de Madame Lagadec au Dieu qui vient de lui prendre sa petite fille : « Connard ! »
Ils le Lui redisent souvent.

— Même pas contre une Cadillac, ni une Porsche, pas même contre une Rolls Royce, je n'échangerais pas mon fils contre une Rolls !
L'Arabe de l'abri public insiste, bourré, émouvant :
— Je n'échangerais pas mon fils contre quoi que ce soit, tu entends ?

— Oui, oh oui, tout à fait d'accord, je ne l'aurais pas échangé contre tout l'or du monde, moi non plus, répond mon papa.
Deux pères ivres d'amour attendent le bus.

Ruminations parfois suspendues. Brusques souvenirs illuminés comme nos belles étreintes devant l'*Hôtel Président*, à deux soirs d'intervalle, au même endroit, maman d'abord, et puis lui le surlendemain. Tout instant de bonheur est éternel. Spinoza, Vladimir Jankélévitch, Deleuze, Séverine Auffret, même combat.

Immédiatement, comme l'envers et son endroit, revient un doute sous les souvenirs de bonheur : l'ombre de la mort s'allongeait peut-être déjà sur moi et nous obligeait, sans qu'on le sache, à cette qualité d'étreinte. Les regrets restent éternels.

« *Vive la vie quand même !* » À la morgue, quand il s'était mis à crier comme un fou, les mots étaient venus de très loin en lui, bien quarante ans avant, quand il militait anar et antifranquiste. Comment c'était ? « *Muerte a la muerte* » ? Il ne se souvient pas bien. Dans un article, six mois avant ma mort, papa avait encore écrit « Vive la vie », comme une ritournelle qui chante toute seule. Ça oblige.

Le cimetière. Je descends la rue Laennec, celle qui va vers le centre-ville. Je rencontre papa à ce curieux angle que fait la rue Laennec avec la route de Brest. Une patte-d'oie, mais à deux doigts seulement, oie handicapée. Nous parlons. Face à moi, dans le dos de papa, cette pharmacie dont on ne peut s'empêcher de regarder l'enseigne qui égrène en rouge les jours, les heures et surtout la température. La croix verte clignote, mais c'est la signalétique rouge qui attire l'œil. On est le 15 janvier 2004, il est 11 h 12, il fait 13 °C.

— C'est vraiment pas mal, ce que vous avez fait pour moi au cimetière.

Au réveil, papa n'est pas vraiment étonné que je lui aie dit ça : ce cimetière de Ploaré est devenu magnifique aux yeux de ses visites quasi quotidiennes.

Papa raconte notre rencontre nocturne à maman. Elle, elle s'étonne :

— Mais nous n'avons rien réalisé. Nous ne savons même pas ce que nous allons faire pour cette sépulture. C'est une friche.

Je me moquais donc de toi dans le rêve cette nuit ?

Les parents se décident à sortir ma tombe du provisoire. Ils choisissent un « monument bouchardé en pierre de pays ». Du granit, évidemment. Papa grinçant :

— Ça résistera aux intempéries, du moins tant qu'on paiera la location de la tombe.

Au cimetière, à intervalles réguliers, on trouve une étiquette scotchée sur un marbre : « Concession expirée ». Après leur mort à eux, dans dix ans, dans vingt, dans trente ans au plus, il n'y aura plus personne pour payer la concession. On exhumera les restes de la tombe familiale et on jettera les cendres pêle-mêle dans la fosse commune – leurs cendres se mélangeront aux miennes et aux autres, poussières d'éternité.

Personne pour s'occuper de notre tombe ? Papa supporte mal le fait de ne pas avoir du tout de descendance.

Quelques mois plus tard encore, papa et maman font graver mon nom et les dates de ma vie sur une plaque du même granit blanc cassé que celui dont est faite ma tombe. Une pierre taillée, un mince parallélépipède de soixante-dix centimètres de long, quarante centimètres de large sur dix centimètres d'épaisseur. Ils ont choisi ce format pour pouvoir changer la plaque de place aisément. Petite lutte contre l'éternel immobile. *Surtout pas de monument définitif.* Les fleurs qui poussent là servent aussi à ça, éphémère contre pierre.

Le marbrier, pour sculpter ma plaque de visite au cimetière, a dû découper un bloc de granit en trois morceaux de taille similaire. Papa, avec un humour macabre et douteux – probablement sa façon d'être en colère contre ma mort :

— Trois plaques funéraires ! En plus de celle du fils, on aura donc deux plaques d'avance, une pour la maman, une pour le papa !

Mon prénom, le nom de famille de maman, celui de papa, ma date de naissance, ma date de mort. La plaque de granit peut bouger, elle change de place sur ma tombe au fil des intuitions des visiteurs, vers le haut, vers le bas, en travers... Les deux autres plaques de granit sont rangées à la maison, prêtes à l'emploi.

Au moment de signer le bon de commande, papa avait poursuivi dans le mauvais goût et demandé au marbrier :

— Vous ne voulez pas graver en même temps nos propres plaques funéraires d'avance et nous faire un prix de gros ?

Il proposait que soient inscrits – pour lui sur l'une, pour maman sur l'autre plaque – prénoms, noms, dates de naissance et début des dates de décès : 1942-20.., et 1947-20... 20 deux petits points.., ne manqueraient que ces deux minuscules inconnues restantes :

— On ne sait pas encore quand on mourra, mais l'inconnue n'est jamais qu'à deux chiffres près.

Le marbrier n'a pas voulu se livrer à ce jeu suspect. Les plaques d'avance sont restées vierges, superstitions respectées. L'air donc de rien, rangées dans un coin de la terrasse, elles attendent la mort de papa et maman pour rejoindre ma tombe.

Papa compulse un dossier aux archives de l'Opéra de Paris : manuscrits, extraits de magazine découpés, comptes-rendus de spectacles, etc. Voici le journal intime de Freud, document précieux. Papa cherche ce qui concerne la mort de sa fille. Il tombe sur des pages curieuses, au sujet d'un opéra de Berlioz. Il entend les adieux de Didon à la vie : « J'ai fini ma carrière. » Dans son rêve, papa constate qu'il fouille en réalité des lettres de Victor Hugo, quand Léopoldine est morte. Au réveil, dans la tête, comme une rengaine venue du collège :

« Je cesse d'accuser, je cesse de maudire, mais laissez-moi pleurer. »

Malgré le soleil qui tape aujourd'hui fort, une femme nettoie soigneusement la tombe voisine de la mienne. Elle passe le chiffon partout ; elle s'applique, énergique, consciencieuse. Son bras a commencé par bichonner la base de la croix, le voici qui remonte vers les pieds du christ, le buste, le visage, les bras. Puis le chiffon revient sur le ventre. La femme s'attarde longuement. Papa réalise soudain : *Pas possible ! Elle astique le sexe de Jésus !* Oui, elle s'éternise là. Puis elle repart. Pas une minute à prier, ni à pleurer. Rien que briquer la tombe et astiquer le christ.

Folies ménagères de la vie quotidienne au cimetière.

C'est l'histoire d'un médecin. Un jour, ce toubib rentre chez lui fatigué, mal partout, fièvre, quelques vomissements. Il se couche. Son épouse arrive et le trouve vraiment malade. Il doit avoir une grippe sévère, ou quelque chose comme ça. Le lendemain matin, il se réveille avec une fièvre de cheval. Il ne parvient même pas à se lever. Il aperçoit sur ses avant-bras de petites taches violettes. Il ouvre son pyjama : son torse est constellé de taches. Tout médecin apprend le diagnostic dès la fac : *Purpura fulminans.* Il se fait transporter à l'hôpital en urgence. Ses collègues confirment et proposent de tenter quand même de le sauver. Le médecin sait que c'est trop tard, fichu. Il refuse qu'on l'endorme et qu'on le charcute inutilement. Il préfère passer les derniers quarts d'heure qui lui restent à parler avec sa femme.

On raconte cette histoire à papa et maman. Ça les déculpabilise un moment.

Seuls ceux qui ont perdu un enfant peuvent déguster pleinement la douleur du chemin de croix qu'on suivait jadis dans les églises.

L'ouvreuse du cinéma est étudiante. Tout juste vingt-trois ans. C'est elle qui est chargée de fermer le ciné après la dernière séance. Le public est sorti, ne reste que lui, dernier spectateur scotché en larmes à son siège dans la musique un peu emphatique des derniers mètres de pellicule. « C'est fini », lui dit-elle doucement. Il se retourne vers elle : « Oh ! que vous êtes belle ! » Et puis : « J'ai soif ! J'ai très soif ! Voulez-vous bien me donner votre bouche à boire ? » La visiteuse de sa nuit l'embrasse longuement.

Ce matin, maman est partie répéter à Rennes. Papa a ouvert la petite boîte de mes cendres, celle qui est restée dans leur chambre. Un cylindre de bois ancien, du bois clair. Comme les cendres s'étaient infiltrées partout, le couvercle coulisse mal. Il faut forcer. À peine la boîte ouverte, des cendres s'échappent, sable plus fin que mes cheveux, poussière, quasi-fumée, légère comme l'air. S'évaporent dans la pièce d'infimes bribes de moi. Papa s'affole. Ce petit nuage dans le contre-jour, il y plonge le nez, il inspire à fond, il me veut dans ses poumons.
Il tousse.

Les sourcils de mes cousines hantent papa. Elles ont entre quinze et vingt-cinq ans. Si jolies toutes les quatre. Il caresserait bien ces visages pour retrouver le dessin de mon front et de mes sourcils : ils se ressemblent étrangement. Une fois, papa a osé prendre Aurore en photo, en très très gros plan – elle a laissé faire. Il n'a pas osé pour Jennifer ni pour Diane. Les sourcils d'Aurore sont maintenant dans l'album *Lion, octobre 2003*, et sur l'écran d'accueil du portable de papa. Mêmes sourcils sur le beau visage d'Alexandra. C'est impressionnant. Un jour, à Tokyo où il a fait sa connaissance, papa a osé lui demander de poser comme j'avais accepté de poser pour lui : les yeux fermés (uniquement les yeux fermés). Bien qu'elle ait, comme j'avais, en horreur de se laisser photographier, Alexandra l'a laissé prendre cette photo. Un don. Il est bouleversé chaque fois qu'il tombe sur ces images.

Papa vieux flashe sur les sourcils. Et sur les jeunes femmes ?

— Si c'est ça que tu cherches à savoir, ta maman, je l'aime infiniment, infiniment.

Papa fait faire un tour à mon AX, ma première voiture, occasion que je m'étais achetée l'an dernier. Papa part sur la route avec moi. Combien en a-t-il eues, lui, de voitures ? Il recompte en conduisant, comme une histoire qu'il me raconterait. La 404 d'occasion achetée aux parents de Rodolphe, quand il était à Laborde. Deux cent mille kilomètres au compteur, mais elle marchait très bien. Plus tard, une autre vieille Peugeot. Puis une Ford, achetée neuve grâce à des indemnités de licenciement, puis une autre Ford, et une autre encore, etc. Trente ans après, il est abonné à Ford. Puisque je suis mort, il va changer de marque de bagnole. Il pense à devenir Citroën, rien que pour faire comme moi.

Coucher de soleil, lumière voluptueuse sur la petite route de Plogonnec. Papa sourit.

J'attends papa devant le cimetière, juste à l'entrée. J'ai mis mon blouson, mon sweat-shirt plutôt, avec le capuchon sur la tête. Je porte aussi mon pantalon large, baggy qu'on avait acheté ensemble à New York. Il y a un moment que je suis là à l'attendre. Ne pas rater son passage.

Quand j'aperçois sa Ford montant la rue Laennec le long du cimetière de Ploaré, je fais comme d'habitude – je ne peux pas m'empêcher : être là sans y être. Je m'adosse de biais contre le porche, je fais celui qui fait semblant de ne pas attendre et de ne pas trop voir, juste un peu. Si on se comporte comme si on n'attendait pas du tout, ou comme si on ne voyait pas du tout, on risque de n'être effectivement pas vu, et de tout louper. Mais si l'on ne veut pas afficher ce que l'on désire, si on préfère être vu comme par hasard, la marge est délicate. Bien sûr je tiens à ce que papa me voie. J'aime en plus qu'il me guette. Mais je ne veux pas montrer que je l'attends. Comme une vieille manie d'amour et de liberté sérieusement empêtrés. Névrose.

En général, ça marchait. Papa me voyait, et je faisais comme si je ne l'avais pas vu. Il était heureux de me voir, puis s'agaçait de mon jeu de faux cache-cache du désir connu par cœur. J'étais heureux de sa joie et agacé de son agacement. Famille, habitudes codées, inextricables.

Aujourd'hui, devant le cimetière, je loupe totalement mon coup. Quand la voiture de papa s'approche, je me recule vivement dans l'ombre du porche, mais trop vivement. La voiture me dépasse. Papa n'a vu qu'une ombre. Mais il a un doute. *C'était Lion, c'est sûr, c'est lui.* Revoilà toutes ses conneries qui le submergent. Papa se ressaisit *non ce n'est pas Lion, je déconne, il n'y a pas de fantôme.* La raison c'est la raison, il veut garder des repères. Un artiste congolais lui a raconté qu'à Brazzaville il faut faire très attention à ne pas rencontrer les défunts. Des anecdotes terribles circulent, jusqu'à des amants qui auraient fait l'amour, l'une vivante l'autre mort, du fait de cette erreur. Papa ne fait pas demi-tour, papa ne revient pas vers moi, papa continue sa route vers le théâtre, fermement accroché au volant.

Comment s'éloigner les uns des autres ? Il fait comme il peut.

L'hôpital a adressé à papa et maman un certificat de décès. Je suis mort de mort naturelle. Cette bombe qui m'a criblé de balles violettes, c'était une mort naturelle.

Bébé de dix ou quinze mois, joie de revenance, je suis ressuscité. Bébé à la peau nue et si douce, bébé qui rit, papa qui rit, il me caresse, il danse avec moi, je suis là, bébé en plus !

Pourquoi c'est encore mieux revenu bébé qu'adulte ?

Lors d'une autre rencontre nocturne avec papa, je suis guéri : « Tu vois, ça y est, je suis revenu et en forme ! »

Béatrice dit que papa a un inconscient très positif.

Au cimetière de Douarnenez, ma tombe est entourée de marins. Je n'avais aucune appétence pour l'eau, comme papa, comme son père et comme son grand-père.

Fin de la lignée aquaphobe.

Chapitre 6

> *Spinoza disait que la sagesse n'est pas une méditation de la mort, mais une méditation de la vie.*
>
> WLADIMIR JANKÉLÉVITCH

> *Ce manque est de tendresse et d'amour*
> *N'en regardez que la pleine présence*
> *Retrouvez-moi dans tous les éclats du soleil*
> *Dans tous les états du ciel, dans les rires de tous les rus*
> *Dans les laisses et les mouettes de toutes les plages*
>
> SÉVERINE AUFFRET

En novembre, quelques semaines après mon « enterrement », l'amie Bérangère, ma complice rennaise Bérangère, rend visite à maman et papa. *Encore, encore*, Papa accueille avec avidité tous les souvenirs, tous les détails de ma vie, toutes ces choses qui semblent tisser des liens avec mon passé. *Encore, encore*, ad hanc horam, *racontez encore*, papa fait comme si je durais jusqu'à l'heure présente du simple fait qu'on lui dit et redit comment je vivais *avant*.

Bérangère est discrète, mais elle leur apprend tout de même mille choses sur ma vie d'étudiant. Les bouteilles de vin piquées aux buffets du TNB, les nuits clandestinement passées à la fac, les voyages sans payer dans le train. Les transgressions du fils enchantent l'ancien anar devenu papa. Au bout d'un long moment heureux-douloureux, comme sont tous ces rendez-vous en tête à tête, vient la principale raison de cette visite. Bérangère raconte la journée d'août où eut lieu l'enterrement de sa propre grand-mère. J'étais venu avec elle. Ce fut sinistre, comme pour Simon en juillet.

— Nous nous sommes dit ce soir-là que nous ne voulions pas que ça se passe de cette façon pour nous, ces simagrées, cette déco, ces paroles qui se lamentent…

Bérangère prend les deux mains de maman dans les siennes :

— Pour l'enterrement de Lion, tu as été géniale, Martine ! Tu as demandé des fleurs blanches, et il y a eu un raz de marée de fleurs blanches. Je n'ai pas osé le dire sur le moment, mais c'est exactement ce qu'avait dit Lion ce soir-là : « Rien que des fleurs blanches ! » Comment as-tu deviné ? J'étais stupéfaite de voir les fleurs blanches qu'il avait imaginées pour son enterrement ! Mais comment as-tu fait pour deviner ?

Bérangère rêve à de profondes connexions mère-fils. Papa se dit qu'il n'y a pas à chercher longtemps l'origine de la coïncidence. Ces choses-là se transmettent en famille ; j'étais imprégné par les préférences de maman ; les fleurs blanches, il n'y a que ça à la maison depuis toujours. Mais papa explicatif-supputatifobjectif-réductif, tu gardes tes ruminations pour toi, et tu ne joues pas au rabat-joie. Tu fais bien.

Bérangère s'excuse :
— Un jour ou l'autre, vous aussi vous avez imaginé votre enterrement, non ? Des mots, des images, des idées en l'air, un jeu finalement. Ce jour-là, on a spéculé sur nos obsèques. Mais Lion ne pensait pas pour de vrai à sa mort, je vous assure.

Il n'empêche, ce récit fait forcément bizarre aux parents. Ils s'inquiètent de la suite, il y a de l'angoisse pas loin. *Lion pensait à sa mort prochaine, je le savais.* Les vieux dadas de papa cavalent à nouveau en tous sens, la mort qui rôde et tout ce fatras.

— Lion a précisé deux ou trois autres choses, et c'est impressionnant. Il y avait eu d'abord les fleurs blanches. Ensuite, il a dit qu'il voulait être incinéré. Là encore, comment avez-vous deviné qu'il voulait être incinéré ? Dites-moi la vérité : vous aviez déjà parlé de votre incinération devant lui ?

Maman et papa n'avaient jamais parlé incinération, même pas entre eux deux – ce qui n'était ni sage ni prudent. Quand je suis mort, ils n'ont fait que comme ils pouvaient, avec leurs superstitions et leurs angoisses, et ce ne fut pas brillant.

Pourquoi avez-vous décidé incinération ? Maman pour fuir avec moi, et toi, papa, pour suivre maman.

Et s'ils m'avaient enterré au lieu de m'incinérer ? Ils auraient pu se louper gravement ! Effroi rétrospectif. Papa remercie intérieurement maman. Maman remercie Bérangère en silence. Bérangère les remercie pour ce chaos de moins.

Nul n'y est vraiment pour rien, mais chacun rend grâce à l'autre.

Arrivé à ce point de son récit déjà périlleux, Bérangère ne sait pas si elle peut poursuivre. Finalement, elle raconte mon dernier vœu.

— Lion a aussi dit que sa mort devrait se terminer par une dispersion de ses cendres en Islande.

Bombe ! Papa bouleversé, dépassé, assommé. Ce n'est pas tant l'Islande qui fait mouche que la dispersion des cendres. Voilà donc pourquoi ! Ces cendres dérobées à l'urne du cimetière de Ploaré, ces traces qu'ils conservaient comme un secret entre eux deux seuls, c'était donc en fait des cendres dans l'attente d'être dispersées selon mes vœux ? Papa chaviré, le pensif ne pense plus, il ne cherche plus à comprendre, il n'est plus ni positif ni objectif ni réductif ni intellectif, ni cognitif – papa tellement déboussolé que pas moyen de changer d'if, son disque est rayé (là, c'est mon papa préféré), il est naïf, jouissif, explosif, superlatif. Vas-y, papa !... Il rit aux éclats, il rit aux anges, au bébé, à moi. Il applaudit. Un programme fou l'a mené par le bout du nez, ou bien c'est le destin, ou bien les dieux, peu lui importe, il ne s'arrête pas à comprendre, ce n'est pas le moment, il est empli de joie, c'est tout. Un tremblement l'a envahi. Maman aussi. Ils s'étreignent en pleurant. Ils sont dépassés, ils sont heureux, ce n'est pas le mot, mais.

Tous les parents aiment que leur enfant soit exceptionnel. Papa est un papa comme les autres. Chaque étape de ma mort prend un tour exceptionnel, alors papa exulte :

— Bérangère, c'est génial, nous en avons ! Nous avons des cendres de Lion ici, à la maison ! Nous n'avons pas tout enterré. Nous pourrons les disperser, ces cendres !

Bérangère est stupéfaite. Elle ne comprend rien. Ils lui expliquent les cendres gardées en catimini à la maison. Elles ont enfin un sens. Elles n'étaient pas restées à la maison pour entretenir des douleurs de parents en deuil. Elles n'avaient été mises de côté que pour attendre d'être dispersées. C'est comme si une valeur jaillissait du hasard. Ils en croiraient au miracle. Maman et papa sont fous, ils m'ont retrouvé. Ils sont en transe. Et d'embrasser la jeune femme, et d'en presque danser. Rires et larmes.

Ridi Pa-pagliaccio ! Ris donc papa, ton travail de deuil franchit une étape.

Papa ne sait toujours pas ce qui m'avait branché sur l'Islande – mais qu'importe après tout que ce soit à cause de Björk, à cause du silence des paysages infinis ou à cause de cette université de Reykjavik dont je lui avais parlé au cours de notre dernier déjeuner à Rennes.

Les parents décident de faire le voyage là-bas le plus tôt possible pour y disperser les cendres gardées par miracle. Comme pour respecter ma dernière volonté.

Un mois plus tard, dimanche 14 décembre 2003, 18 heures, nuit et crachin, petite conclusion douarneniste et joyeuse à ce prélude fou. Retentit une aubade déjantée rue du Couédic, devant l'Abri de la Tempête. Accordéon, kazoos, tambourins, trompettes, sirènes de bateau, etc. Cinquante masques, vivres et bouteilles en bandoulière, apportent en fanfare à maman et papa deux billets d'avion pour Reykjavik. L'invraisemblable histoire des cendres a fait le tour du réseau finistérien ; les copains ont préparé une fête en secret ; ils se sont cotisés ; ils se sont costumés ; ils ont répété des chansons et des histoires. Voici ce soir des matelots, des capitaines, des paysans, des aristocrates, des vieux Bretons bien trad et des clowns déglingués qui débarquent en grande bringue à la maison pour offrir le voyage en Islande aux parents. Façon de les accompagner jusqu'au bout.

Vos copains ont décidément de la gueule.

On est pile le quarante-neuvième jour après ma mort. Ce jour-là, selon le rite bouddhique, l'âme du mort rompt définitivement avec le monde terrestre. Pur hasard pour ces libres-penseurs douarnenistes. Mais, tout de même, entre deux verres et une chanson paillarde, quelqu'un n'a pas pu s'empêcher de signaler la coïncidence. Papa a répondu que, si on ne fait pas gaffe, la mort, ça rendrait curé n'importe qui.

Août 2004, six mois plus tard. Avant de quitter la maison de Douarnenez pour faire Brest-Paris-Reykjavík, les parents préparent mes cendres. Ils ouvrent l'une des deux petites boîtes précieuses. Le couvercle coulisse mal. À peine le couvercle dévissé, mes cendres se mettent à voleter partout, comme en octobre dernier. Avec cet impalpable petit nuage s'évaporent encore des bribes de moi. C'est insupportable au papa, qui sanglote comme d'habitude, « mon fils mon fils » – tu ne sais dire que ça quand tu pleures, papa, « mon fils », etc. Il plonge le nez dans la poussière, afin que rien ne se perde de son fils. Il s'étouffe évidemment, comme prévisible. Maman, plus efficace, récupère tout ce qu'elle peut. Elle glisse ensuite les cendres dans un petit sachet de soie rouge. Papa garde le plus longtemps possible le goût des cendres dans sa bouche desséchée. Il savoure longtemps. Il tousse plus longtemps encore. Maman camée de son fils glisse le sachet dans la banane qu'elle ne quittera plus de tout le voyage. Elle dormira même avec la banane sous l'oreiller.

La seconde boîte reste tout de même à la maison. On ne se sépare pas totalement.

— Et si les douaniers venaient à demander ce que c'est que cette drôle de poudre blanchâtre dans ton sac ?

Panique et puis rigolade.

Maman et papa s'envolent pour l'Islande. Giloup et Marie-Hélène, deux des plus beaux masques de la fête de décembre, les accompagnent. Puisque c'est un déplacement douarneniste, irrévérence, folies, gaieté et tendresse seront de rigueur, même pour un voyage de deuil. Pas mal, ça aussi.

À Orly, les douaniers ne demandent rien au sujet de la poudre. Je n'ai plus d'odeur pour les chiens.

Cinq jours plus tard. Parvenue à Selfoss, l'expédition touristico-funéraire des quatre Bretons hésite : faut-il continuer sur la côte sud islandaise ? ou tenter la route de l'intérieur et la vallée ? Le bord de mer est attirant, comme toujours la mer. Mais Irma a conseillé d'aller plutôt vers l'intérieur des terres, de l'autre côté de la montagne : y attendent grottes, ravins, forêts de bouleaux, fleurs, glaciers. Florence aussi a dit : « Il y a là-bas une des plus belles choses que vous puissiez voir. Cette vallée au coucher du soleil, vers minuit, c'est inouï. » Puisque les amies l'ont dit, et puisqu'il fait très beau ce matin, tant pis pour les marins, va pour la vallée glaciaire et Þórsmörk (« prononcer [Toersmoerk] » dit le *Routard*). Ils se racontent qu'ils partent pour le pays du dieu Thor. Peut-être disperseront-ils là mes cendres. À chaque étape, ils se demandent si ce sera là. Mais chaque jour, si fort soit le paysage, ils repoussent l'échéance.

Leur route n'est pas triste. Ils traversent la cascade de Seljalandsfoss à grands coups de citations de *Tintin et le Temple du soleil* – les lamas en moins. Ils contournent le rocher de Brunehilde (devant la colline de Stóra Dímon, maman se convainc que Richard Peduzzi a copié cette formidable sculpture montagneuse pour son décor de *La Tétralogie* à Bayreuth, et papa la suit sans barguigner). La soprano en tête, ils chantent *La Chevauchée des Walkyries*. Ils poursuivent avec les adieux de Wotan à sa fille. Papa est très ému.

Vus de loin, ils ne ressemblent quand même qu'à des braillards lyriques – et assez faux côté baryton.

La lecture des guides les a prévenus : en quittant la nationale numéro un pour la piste deux cent quarante-neuf, ils s'exposent à croiser des gués pas toujours praticables fin août. Ils franchissent donc très prudemment les obstacles, déjà huit ou neuf en trois heures de route. Les gués, en Islande, c'est un sport obligatoire. D'une année à l'autre, selon la météo, les pistes sont plus ou moins inondées. Pas moyen de prévoir. Pour un gros 4×4 avec garde au sol importante, pour un autobus islandais perché très haut sur ses énormes pneus, pas de problème. Mais pour des véhicules comme celui qu'ils ont loué, la catégorie pas chère, le risque est sérieux. Dix centimètres d'eau de trop dans un torrent, et c'est le moteur noyé. Virée à vos risques et périls : l'assurance ne rembourse pas. À la fin de cette matinée, un gué plus profond que les autres leur barre la route. Au milieu, il y a déjà un 4×4 naufragé. La jeune conductrice et son compagnon ont été contraints d'abandonner. On les voit revenir à pied pas sec du tout, les mains en l'air, chaussures et trois vêtements maintenus vaille que vaille hors de l'eau glacée qui monte jusqu'à leur poitrine. Voiture et balade fichues, les amoureux attendront une dépanneuse.

Fallait pas qu'ils y aillent. Maman, vos deux amis et toi vous n'y allez donc pas. Vous faites demi-tour, trois ou quatre cents mètres, vous prenez un petit chemin vers le sud, vous vous garez à l'écart, aux bords d'un lac. Changement total de programme. Pas de Þórsmörk, tant pis pour les copines, les forêts et le dieu de la Foudre. S'improvise une marche vers le Gigjökull, une langue glaciaire de mille mètres en dénivelé jusqu'au lac Lónið. La carte dit que la montagne s'appelle l'Eyjafjallajökull (selon le guide, prononcer [Ai-ia-fja–tla–joekoul], avec des longues et des brèves. Vous renoncez, c'est trop difficile). Provisions de bouche et crème à bronzer dans les sacs à dos, lunettes noires sur le nez, vous crapahutez. Ciel splendide. L'Islande comme on peut la rêver, lumière aux angles inconnus des latitudes méridionales. Plaine et montagne, soleil et eau, glace et volcans, silence, la nature, rien que la nature à t'accueillir avec sa millénaire et indifférente bienveillance. Tout autour du lac, des berges noires de cendres. En bas, dans la vallée, à déjà un bon kilomètre de marche sur mousse élastique et dorée, les échos des rires des amoureux au 4×4 noyé.

Cette gaieté fait partie de la musique du lieu. Gravité et légèreté.

La pente grimpe très fort. Giloup et toi, papa, vous marchez à travers la lande, torse nu, en sueur, Marie-Hélène et maman en tee-shirt. Il fait grand soleil. À trois cents mètres en face, la splendeur du glacier qui dévale vers le lac où flottent mille îlots que vous appelez icebergs, growlers – et même bourguignons pour rire en détournant les commentaires savants du guide, et vous mettre les papilles en alerte, odeur de viande mijotée en plein désert, avec rigolade bien franchouillarde. Les blocs de glace sont posés sur un miroir bleu vert où se reflètent neiges, moraines et crevasses.

On redevient sérieux : c'est plus que magnifique, c'est prenant.

Après une heure de marche, l'évidence surgit en vous deux, maman et papa, sans que vous vous concertiez : ce sera ici, dans la cendre de ce volcan, face à ce soleil glacé, que vous allez disperser mes cendres. Il y avait presque une semaine que vous sillonniez l'Islande de paysage en paysage, en quête du lieu propice, sans jamais savoir lequel vous allez choisir, bord de mer ou montagne, cascade ou désert, douceur ou brûlure. C'était beau partout. Ce n'est qu'aujourd'hui, à cet endroit-là, que l'évidence vient. La météo ce matin, plus ce gué en belle crue, plus la panne d'un 4×4, plus la légèreté de la lumière et de l'âme, plus un paysage immense et somptueux : une accumulation de petits hasards décide de l'endroit où vous allez disperser mes cendres. Ce flanc de volcan éteint depuis deux siècles, paumé au fin fond de l'Islande, c'est lui que vous allez adopter comme un de vos paysages intimes, infiniment précieux, étrangement doux – mon second cimetière.

Le chemin de votre deuil semble vous avoir menés là fortuitement. Vous êtes sur les flancs de l'Eyjafjallajökull, vous le savez à peine. Le sauriez-vous vraiment que cela ne changerait rien : en 2004, à quelques centaines d'Islandais près, et à quelques dizaines de vulcanologues près, la terre entière ignore totalement ce nom « imprononçable » comme diront les journalistes TV dans six ans.

Vous accomplissez le rituel, cendres blanches déversées sur la cendre noire du volcan. Larmes. Assis côte à côte, mains dans les mains, vous pleurez. C'est pire que vous n'auriez cru. Giloup et Marie-Hélène pleurent eux aussi, à la bonne distance, à la bonne proximité.

Un long moment plus tard. Maman et papa appellent. Que se poursuive maintenant le rituel ensemble. Giloup vous rejoint et dresse un cairn, cinq ou six cailloux serrés les uns sur les autres, comme font de toute éternité les pèlerins du monde entier. Une petite touffe d'herbe posée en bataille sur le tas de pierres et voilà qu'une sorte d'E.T. surgit aux côtés de mes cendres. Giloup entoure E.T. de son écharpe blanche : une statue bienveillante va me tenir compagnie sur les flancs de l'Eyjafjallajökull. Petit, j'avais vu et revu les K7 du film de Spielberg avec les parents. Le film les replongeait en enfance à mes côtés, tandis qu'E.T. me protégeait le soir en m'endormant. La créature de Spielberg a pris sous son aile des millions d'enfants. Maman et papa sont saisis aux tripes quand ils le voient reprendre du service pour moi en Islande.

Marie-Hélène veut faire des photos. Elle a tout de suite compris qu'il fallait rapporter des photos. Les parents les regarderont indéfiniment ces images, elles leur seront précieuses dès le retour en France. Marie-Hélène emprunte donc ton appareil numérique. Mais elle ne sait pas le mettre en marche. Elle te demande. Tu as la tête ailleurs, papa serré contre maman, contre moi. Tu expliques comment faire, mais de loin, du bout des lèvres ; tes explications sont mal fichues. En réalité, à cet instant, tu te fous des photos, n'existent que mes cendres et les cailloux de mon nouveau dieu lare dieu lave. Ni aidée ni adroite, Marie-Hélène ne parvient à rien. Elle te le redit. Toi :

— Il faut vraiment les faire ces photos ?

Ce n'est pas ton souci. T'éloigner de moi, de ta douleur ? Tu ne veux pas t'absenter. Marie-Hélène croit que tu n'as pas compris. Elle insiste. Silence. Elle patiente, elle te laisse le temps. Puis elle revient à la charge. Tu la comprends enfin. Erreur. *Fatal error* disaient mes jeux vidéo. Comprendre c'est déjà s'éloigner. Tu regardes, tu vois la scène, elle a raison, évidemment qu'il faut les faire ces photos. Tu ne veux pas sortir de mes cendres, de ma mort, de moi, de l'éternité et patin couffin – dès qu'on met des mots là-dessus, tout devient pâteux. Mais tu as mis l'appareil en marche, tu as approché le viseur de ton œil, et l'inévitable s'est produit, tu n'es plus là, tu ne pleures plus, tu es dans l'objectif, tu n'es plus un papa en larmes aux côtés de ta femme, tu es un chasseur d'images.

Clichés des cendres (ça ne donnera rien, mes cendres sur les cendres du volcan, objectivement, c'est du gris sur du gris.) Clichés du cratère. Clichés du lac. Portraits de maman, belle toujours, même en larmes. L'appareil photo mitraille tous azimuts : le lac, la montagne, le glacier qui se reflète dans l'eau. Il revient aux cendres, à E.T., gros plans, panoramiques. Il tourne dans tous les sens. Avec le numérique, on n'est économe de rien. L'appareil prend tout ce qui bouge, et surtout ce qui ne bouge pas – ce qui domine ici, le temps et la nature immobiles.

Soudain apparaît une silhouette nue dans l'objectif. Optique effarée. La silhouette plonge dans l'eau entre deux blocs de glace. Terreur, le photographe revient à la vraie vie, la vie revient à papa, le nu, c'était Giloup ! Il est fou cet homme, pourquoi plonge-t-il là-dedans, il risque la mort dans l'eau glacée. Tu lâches ton Nikon, tu hurles « Gilles, déconne pas, ne déconne pas ! » Panique. Dix secondes interminables. Puis Giloup refait surface à l'autre bout d'un îlot de glace. Il rit. Il remonte sur la berge de cendres, il se rhabille. Il lance de loin :

— J'étais obligé de plonger. Il fallait que je le fasse. Je ne sais pas pourquoi. Voilà, pas de problème, tu vois…

Le papa engueule le poisson fou : on est à des heures de tout secours, il aurait pu crever. Le poisson nu lui envoie un baiser des deux mains, tendresse légère et fêlée. Tu passes de la panique à l'admiration absolue devant ce rituel animiste improvisé. Le photographe en toi vient à ton secours et prend des clichés du poisson Giloup sauvé des glaces. Mais, après pareille baignade, terminé pour la séance photos. Impossible de s'y remettre. Les pleurs prennent le dessus. Tu reviens à moi, à ton deuil, et à maman qui n'a rien quitté. Agitation finie, le rituel reprend.

Pourquoi tenter de saisir l'invisible de l'émotion quand on n'est pas photographe ? Réponse : pour obéir au diable et ne pas laisser l'inconnu advenir. Les diables de papa rôdent tout près. *Et merde !* Papa s'emporte. *Merde, vivent mes diables ! Pourquoi pas ? Vive le diable avec qui j'ai dealé sur les flancs de l'Eyjafjallajökull. C'est le même diable, ou son cousin, qui m'avait soufflé à l'oreille d'emporter mon appareil photo à la morgue quand le cadavre de Lion était tout chaud. Encore le diable qui m'avait dit de prendre des photos au cimetière. Et pourquoi pas ? Bonnes intuitions de diables. Heureusement qu'ils sont passés par là, mes diables, et qu'ils m'ont aidé à prendre des photos-souvenirs. Vivent mes diables !*

Oui papa.

Une semaine plus tard, fin août 2004. De retour à Douarnenez, papa transfère les photos sur l'ordinateur. Un nouvel album s'ajoute à l'histoire. Après *Lion Vincennes 1982-1994*, après *Lion Quimper-Douarnenez 1995-2003*, et après les images violettes venues du fond de la morgue pour nourrir l'innommable album jamais montré à personne, il crée l'album *Lion Islande août 2004*. Et de classer les photos étape par étape : le voyage, les gués, le glacier, les cendres, E.T., le lac, Giloup qui sort de l'eau, le lac à nouveau, la ligne de crête du volcan…

Tous les jours ou presque, tu fais tourner le diaporama en boucle (sans musique d'accompagnement, *pas question !*). Tu reviens souvent sur les photos du petit E.T. de pierres emmitouflées dans une écharpe blanche. Et puis le lac bleu-vert glacé, les cendres innombrables, avec le cratère du volcan qui surplombe tout. Maman regarde avec toi. Larmes de parents renouvelées grâce à l'image électronique. Vous avez besoin de ces photos, à l'écran et aussi sur des tirages papier : planches, grands formats, format carte postale… Les amis passent à la maison. Clichés à l'appui, vous racontez le voyage sans vous lasser jamais. Vous dites et redites l'incroyable succession de hasards qui vous a conduits là-bas : l'incinération décidée à la hâte, les cendres planquées en secret à la maison, le récit de Bérangère, mes rêveries islandaises, la panne inattendue devant un gué, le rite soudain. Tout est accompli maintenant. Vous avez trouvé un bon angle pour raconter votre fils mort : les coïncidences et l'imprévisible. Vous êtes dispensés du genre hagiographique (saint Lion, « qu'est-ce qu'il était beau, qu'est-ce qu'il était grand, qu'est-ce qu'il était parfait ! »). Vous échappez aussi au dolorisme (du style « qu'est-ce que nous souffrons, rien ne remplacera notre fils, nous sommes inconsolables, le plus grand malheur qui puisse arriver à des parents, une véritable amputation, etc. »). Vous esquivez avec bonheur tout ce qu'on attend de parents en deuil. La cascade de coïncidences qui vous est arrivée donne des angles de fuite pour échapper aux clichés. Votre récit est plein de magies bienvenues. Les amis écoutent stupéfaits et ravis la belle histoire qu'est devenu votre deuil.

Ils admirent les photos. Si on regarde objectivement les choses, il n'y a pas grand-chose à admirer dans ces photos : un lac, une montagne, un glacier, rien que des récits de voyage, au strict égal de millions d'autres photos amateurs prises chaque jour à travers le monde. Mais puisqu'est bouleversant l'objet des photos que vous montrez – les cendres de votre enfant et leur dispersion –, chacun est bouleversé. Vos amis vous aiment ; vos amis vous croient. Elle est magnifique cette Islande de votre deuil. Le récit rassemble. Les rebondissements deviennent comme plus cohérents avec cette communion. Le chemin de la Bretagne à l'Islande va tout droit, y compris avec les tours et les détours qu'il a pris pour aboutir. Les amis écoutent inlassablement maman et papa qui racontent inlassablement. Tout s'emboîte parfaitement bien dans leur récit de plus en plus ordonné.

Est-ce que les choses se sont vraiment passées comme ils racontent ? Je n'ai rien à dire : un mort ça ferme sa gueule. D'ailleurs, un mort, ça n'a pas de gueule.

Ce qui est assuré, c'est le plaisir des visites que les parents reçoivent, et le plaisir des récits qu'ils partagent. Peut-être que, quand elle travaille ainsi aux côtés d'amis, la douleur du deuil devient aussi douceur. C'est probablement cela qui importe.

Un soir de la fin septembre vient Rachel, la belle Rachel. Vous lui montrez les photos, comme vous faites d'habitude.
— Là, tu vois, c'est la montagne, là, c'est le lac, là c'est Giloup qui a plongé dans l'eau glacée – ce fou qu'est-ce qu'on a eu peur ! Là, c'est...
Rachel vous interrompt. Elle revient en arrière.
— Je peux ?
Elle s'attarde. Elle compare longuement les photos du lac entre elles.
— C'est incroyable, là, dans l'eau...
— Quoi, qu'est-ce qui est incroyable ?
— Vous n'avez pas vu ?
— Oui, les blocs de glace, l'eau bleutée...
— Non, regardez : des yeux, un visage : oui, il y a un visage dans l'eau ! Et... Et... Mais... c'est une tête de lion !

Il existe des jeux, des devinettes dans un dessin où l'enfant doit découvrir, bien planqué dans un arbre, le chasseur que le lapin ne voit pas, ni l'enfant d'ailleurs, même à bien regarder le dessin dans tous les sens. Il faut parfois beaucoup de temps et de sagacité pour le trouver. Petit, j'adorais le trouble de ces perceptions avec ce loup invisible que ni le chaperon rouge ni moi ne voyions, alors que le loup était assurément dans le dessin, suffisait de voir. Étudiant, j'ai retrouvé les mêmes plaisirs avec de très sérieuses théories sur la psychologie de la forme. Récemment, avant ma mort, j'ai encore joué à ça grâce à des tableaux pointillistes faits de mille touches de couleur d'où jaillissaient soudain, pour peu que j'accommode bien, deux plans distincts, des chiffres ou un visage qui flottent bien à l'avant d'un fond multicolore. Une évidence nouvelle s'impose en relief dans ce monde qu'il y a trois secondes encore l'œil voyait plat, dénué de toute forme et de toute figure.

Là, dans le lac islandais, l'œil de Rachel, le don d'enfance de Rachel a fait surgir une tête de lion. Et grâce à elle, grâce à ses capacités de jeu avec la perception, les parents à leur tour parviennent à laisser apparaître cette forme qu'ils n'avaient jamais vue – ni en direct en août dernier sur les flancs de l'Eyjafjallajökull, ni après leur retour en France – sur les albums photo pourtant inlassablement feuilletés depuis maintenant un mois. Cette tête de lion, c'était là sous leurs yeux, comme sous les yeux des dizaines d'amis qui ont déjà regardé les photos. Personne n'y avait rien partagé d'autre qu'un pèlerinage douloureux.

Maintenant, après l'œil de Rachel, c'est l'inverse, on ne voit plus qu'une nouvelle évidence, tellement plus excitante : la gueule d'un lion dans l'eau du lac. Maman et papa parlent de *mon* lac. *Le lac de Lion, le volcan de Lion* deviennent comme des lieux-dits, avec frissons. Bingo à tous les coups : chaque fois qu'ils racontent à un ami, chaque fois qu'ils montrent les photos, l'énigme hésite et puis elle saute au regard, et elle fascine. Jeu des formes, plaisir du mystère, ce lion, oui vraiment un lion, là même dans le lac volcanique au bord duquel ils ont dispersé les cendres de leur Lion !

Maman et papa sont chaque fois comme très heureux.

Papa, quand tu montres ce résultat de tes dérives photographiques, tu fais plonger chacun dans d'insondables spéculations. Le diable tente de faire croire au surnaturel. Tu te fais complice du tentateur et tu savoures le trouble jeté. L'histoire de mes cendres ainsi racontée engendre forcément la question :
— C'est le fantôme de votre Lion qui serait dans le lac ?
Inévitable. Ceux et celles qui sont à la recherche de l'au-delà et de ses forces cachées voient là des preuves très fortes. Les plus agnostiques sont gênés devant ces photos, dans l'incapacité où ils sont d'objecter quoi que ce soit à cette tête de lion, ces deux yeux, ces sourcils, ce mufle-là, incontestablement là. Une chose inanimée rayonne si fort qu'elle en prend forme de vie. C'est troublant. La séparation des mondes flageole. Papa aime faire trembler les certitudes rationalistes, d'autant plus que ce sont les siennes. Grâce à ces visites amies, on barbote, l'air de rien, dans un mystère infréquentable.

Et puis, quand le trouble est bien installé, papa casse l'ambiance. Son penchant positiviste-objectiviste-pensiviste vient chasser les fantasmes mystiques. Il renverse la photo et montre le truc : les accidents du glacier, un rocher, des séracs, des moraines et des crevasses se reflètent dans l'eau. C'est de ces miroitements que jaillit ce qui ressemble si fort à une tête de lion. On croyait voir quelque chose quand il n'y avait rien que jeux de lumière et représentations. Il casse les rêves, et, avec, les complaisances pataphysiques. Il démystifie comme on dit. Le plus souvent, ça ne marche qu'à moitié. Pour se cramponner aux branches, il ajoute alors :

— Qu'est-ce que c'est bon de raconter des histoires ! Quand je regarde ces images et que je vous les décris, je suis heureux. J'aime ces coïncidences, elles m'apaisent. Je suis bien avec. Merci à je ne sais quoi pour le hasard des mille beautés entrevues au milieu de notre chaos. Et puis, quand je patauge un peu trop, j'ai un délire de secours : je me dis que la même grâce vient parfois aux artistes sur la scène.

Où commence la grâce ? Où commence le vent ? Papa dit qu'il se réjouit aussi du vent.

Il a réponse à tout.

L'histoire incroyable n'est pas finie. Un avant-dernier épisode vient s'ajouter quelques semaines plus tard à ce feuilleton des cendres pourtant déjà bien fourni en rebondissements. Une autre photo va rendre dingue papa, et un autre chapitre s'ajouter à ses récits. Ça se passe fin octobre 2004, au moment du passage aux horaires d'hiver. Il y a tout juste un an que je suis mort, deux mois qu'ils sont revenus d'Islande. Papa navigue comme à l'accoutumée dans son ordinateur et dans iPhoto.

Papa n'avait évidemment pas pu s'empêcher de prendre aussi des clichés du cimetière et de la sépulture où veille le lion de pierre né des ciseaux du grand-père de Giloup. La vue du lion moussu de pierre fait aussi partie des joies de papa quand il vient pleurer au cimetière. Ce soir, papa clique sur une des photos du cimetière. Soudain, il a une intuition, il édite, il agrandit la photo, encore et encore. Oui ! Un copier, un coller pour vérifier : les photos du lac volcanique et celles du cimetière se retrouvent côte à côte sur l'écran, à la même échelle. Oui, pas de doute, il suivait la bonne piste, voilà qu'un autre invisible devient visible, *ce lion du cimetière de Ploaré, c'est trait pour trait l'image du lion dans le lac islandais*. Le lion du lac et le lion de pierre sont jumeaux.

— Martine, viens, viens voir !

Maman quitte son livre et le rejoint devant l'ordinateur.

— Regarde. Encore une autre folie, regarde bien : quand Giloup a plongé comme un cinglé dans l'eau glacée du lac en Islande, tu te souviens, c'était en réalité dans le mirage même du lion de son grand-père qu'il se précipitait. Regarde !

En effet : Giloup plonge dans une image en tous points semblable à la pierre qu'il a posée sur ma tombe. Giloup a souvent dit qu'il ne savait pas pourquoi il s'était senti obligé de se mettre nu et de sauter dans l'eau. Maintenant, papa comprend. Giloup n'a pas seulement accompli un rite de purification, il a été aspiré par une image qu'il ne voyait pas. Nouant un fil invisible entre Bretagne et Islande, entre un cimetière et un autre, il a plongé aveuglément dans le lion de son grand-père.

Papa délire à fond. D'un épisode à l'autre son histoire devient plus folle. Limite limite. Papa se cramponne. *C'est moi qui décide, personne d'autre, ni le diable, ni les dieux, ni Lion, ni Zeus !* Papa bricole des explications le plus rationnelles possible pour n'avoir ni à entretenir ni à évacuer ces mystères. Et si tout cela n'était advenu à papa et maman que du fait de leur entraînement à accueillir des mystères et des forces extraordinaires sur la scène musicale et théâtrale ? Parfois, les artistes sont connectés aux dieux. (Parfois pas. Dans les deux cas d'ailleurs, c'est flippant.) Ce serait pareil ici.

Moi, qu'est-ce que je dis ? Est-ce que tout s'est vraiment passé ainsi qu'ils le racontent, ma mort, les obsèques, les cendres, l'Islande, les reflets dans l'eau, Giloup, etc. ? Je n'ai rien à dire. Silence au cimetière.

« Il faut voir des signes partout, s'ils veulent bien nous faire signe », lui souffle Louise. Papa aime la formule, il la fait sienne. Pour plus de sûreté, papa dit et redit que ces signes ne sont que choses humaines, pas d'ambiguïté n'est-ce pas ? Maman, de son côté, s'en fout de savoir si c'est rationnel ou pas. Réalité, idée, hallucination, signe, émotion, peu lui importe, c'est moi qui l'accompagne en permanence, pour pleurer comme pour rire. Pour vivre.
Papa et maman, pas mieux que les autres papas et que les autres mamans, aiment rencontrer des signes de leur enfant, et les raconter.

Quand j'étais petit, j'aimais les surprises, les tours de prestidigitation, les choses invraisemblables, comme tous les enfants, et comme les grands. Magie. J'aimais quand, assis le soir au bord de mon lit de petit garçon, papa m'embarquait dans un conte de fées. Il lisait bien les histoires, il était profondément dedans, comme s'il y croyait. C'était bon d'écouter ces légendes en suçant mon pouce. On était ensemble. Je me délectais du magique. Papa se délectait aussi. Tout était vraiment vrai.

Maman, elle, elle inventait de bout en bout les histoires qu'elle me racontait. C'était encore plus vrai.

Chaque année, de 2004 à 2009, maman et papa sont retournés en Islande, sur les bords de l'Eyjafjallajökull. Ils ont eu beau scruter longuement le glacier et ses reflets dans l'eau du lac, ils n'y ont plus trouvé de lion. Maman et papa se sont dit qu'ils n'étaient plus assez concentrés. Peut-être que l'on ne peut pas jouer magnifiquement les concertos tous les jours. La grâce a ses hauts et ses bas. Le cairn était toujours là, mais sans l'écharpe blanche de Giloup, le vent l'avait emportée. Année après année, papa et maman ont passé de longs moments au bord de ce lac. Avant de repartir, ils ajoutaient une pierre sur leur E.T. islandais. Ils poursuivaient ensuite le pèlerinage en cheminant le long de la somptueuse ligne de crête du volcan. Chaque fois, ils ont beaucoup pleuré.

Les étés derniers, il n'a pas fait aussi chaud qu'en 2004. Les rivières n'étaient pas en crue. Maman et papa ont pu aller plus loin sur la route, et franchir d'autres gués.

— On peut vivre avec ça, leur avait dit un copain pareillement en deuil de son fils.

Papa n'a pas osé lui demander si d'aussi belles fictions que les leurs venaient donner des couleurs à sa souffrance de papa orphelin. Papa est en tout cas persuadé qu'ils ne pourraient, eux deux, *vivre avec ça* sans la succession des coïncidences et des histoires que leur vie a tissées autour de ma mort. Sinon, *ce serait intolérable*. Pathos jamais loin.

Au fil des années, il faut bien le constater, la douleur s'est un peu calmée.
— Pas vrai ! se récrie maman.
Il n'y a pas de mesure objective pour la douleur ? Tout de même, il y a quelques repères. Par exemple : le rythme des crises de larmes qui s'estompe. Autre exemple : le nombre d'antidépresseurs, d'anxiolytiques et de consultations psys dont ils ont besoin et qui diminue. Ce sont des quantités mesurables, assez objectives après tout.

Le récit a grandi en eux comme une oasis de verdure. Entre 2003 et 2010, ma mort leur a été possible avec l'aide de ces histoires. Ils les racontaient aussi souvent qu'ils pouvaient, clopin-clopant de coïncidences en territoires fictifs. Soudain, à la mi-avril 2010, est survenu un rebondissement extraordinaire, un nouveau prodige pour de nouveaux récits : la semaine même de mon vingt-huitième anniversaire, « mon » volcan s'est réveillé. Le monde entier s'est mis à bafouiller ce nom « imprononçable » : Eyjafjallajökull, quand il y a déjà longtemps que ces syllabes faisaient partie de leur musique intime. [Ai-ia-fja–tla–joekoul] : ils se les murmuraient comme une comptine. Maman et papa croyaient que ce lieu était un secret à eux seuls réservé. Ils le croyaient paisible, endormi à jamais, et moi endormi paisiblement à son bord. Et puis, au printemps, cette explosion violente, le volcan qui projette des fumées à dix kilomètres d'altitude, mes cendres mêlées à ses cendres. Les brèves et les longues de leur deuil envahissent le monde.

Je ne fais pas dans la dentelle, une éruption volcanique, pas moins ! « Eyjafjallajökull ! » Ils me voient à la une de tous les journaux. Ils exultent. Ils m'appellent à grands cris fous. Ils m'encouragent à paralyser le trafic aérien. Total délire. L'histoire qu'ils racontent aux amis est de plus en plus incroyable, heureuse, émerveillée, et humoristique. Elle débouche sur un véritable feu d'artifice. Un fils insolent à ce point-là, c'est du gâteau pour raconter des histoires.

Certains jours, papa et maman inspirent à pleins poumons les minuscules bribes de cendres qui descendent du Grand Nord jusqu'au sud de l'Europe, comme si elles leur venaient tout exprès chargées de moi.

Ce qu'on voit en fait dans le ciel de ce printemps ? Ce ne sont que mes cendres qui disparaissent un peu plus. Le reste, c'est de l'ordre du roman. Ce n'est pas rien.

31 mai 2010

Remerciements

Le soir même de la mort de notre fils, Daniel Michel me téléphona : « Je ne sais pas si un pareil jour tu peux entendre ce que je voudrais te dire, mais j'ai vécu cette horreur il y a quelques années, ce désespoir absolu. Je veux te dire qu'on peut vivre avec ça. »

Merci Daniel de m'avoir téléphoné ainsi, merci à toutes celles et à tous ceux qui m'ont ce jour-là et par la suite transmis cette évidence : la mort fait partie de la vie, on peut vivre avec ça. Non pas geindre, ni s'apitoyer sur soi et sur les malheurs du monde, ni attendre la fin, mais vivre ! Comment ? Je ne sais pas, et je me garderai bien de donner des recettes ou des leçons. À chacun de trouver comment cela lui est possible. À chacun aussi d'aider les autres à trouver. Pour ma part, comme je n'ai pas le goût de me plaindre, ni de leçon à donner sur la vie et la mort, ce livre m'est venu sous la forme d'un récit, mi-réalité, mi-fiction. Merci à cette formidable chaîne humaine qui m'a donné l'énergie de raconter cette histoire et de transmettre à mon tour le message de Daniel : « On peut vivre avec ça. »

Faites de nouvelles découvertes sur **www.pocket.fr**

- Des 1ers chapitres à télécharger
- Les dernières parutions
- Toute l'actualité des auteurs
- Des jeux-concours

POCKET

Il y a toujours un **Pocket** à découvrir

Découvrez tous nos titres disponibles en version numérique

Rendez-vous sur les sites des **e-libraires**
et sur **www.pocket.fr**

POCKET

Visitez aussi :

www.fleuvenoir.fr
www.pocketjeunesse.fr
www.10-18.fr
www.languespourtous.fr

Il y a toujours
un **Pocket** à découvrir

Composé par Nord Compo
à Villeneuve-d'Ascq (Nord)

Imprimé en Espagne par
CPI Black Print Iberica
en décembre 2011

POCKET – 12, avenue d'Italie – 75627 Paris cedex 13

Dépôt légal : janvier 2012
S21632/01